洪範文學叢書 321

楊喚詩集

歸人編

洪範書店

目次

乙　兒歌

附錄 懷念楊喚

一生若寄、一貧如洗

——半世紀後憶故人楊喚及其〈零下四十度〉詩

歸人

去（二〇〇四）年十一月，十四日下午的天氣，非常晴和，我和內子及楊雅惠教授參加在中山堂舉辦的「永遠的楊喚」童詩音樂會。入場券是主辦單位事先寄贈的；沒想到全場幾乎是坐無虛席，票券銷售一空。氣氛熱絡，一片和洽。我想起楊喚去世已半個世紀有餘了，他可會想到有這般情狀嗎？

就在前一個週末，我指導的一位東吳大學研究生將其〈楊喚童詩研究〉的論文送來，成績甚是可觀，獲得九十分。三十多年前，在巴黎的一位研究生，也曾向我討論楊喚的作品，可惜我其時忙於自己的研究工作，竟在半途中間斷了。而近年國內對楊喚的肯定，幾乎是時有所聞的事。我經常看到專家，學者有關楊喚的討論和著述。許多親友、乃至陌生的學生、間接的同事、晚輩的親戚，甚至一些富商、大賈、及兒輩的知交，也均是楊喚的忠實讀者。凡此，恐怕更是地下的故友，想像不到的事了！

楊喚僅於僞滿時代，讀完初級農職（初中）二年級，抗戰勝利後續讀了一年才畢業。去世時僅僅是二十三歲半，一天都不多。許多報刊及論著中說他是二十五歲的天才詩人，錯了，甚至他最親切的同事葉泥，記他爲二十四歲，也錯了。他自己更有〈二十四歲〉的詩篇，當然也錯了。二十三歲半，是何等青春的日子啊！

但他竟在如此「年輕」的日子猝折了。照友朋及目睹者引述，他是因「趕看」電影，於通過臺北市西門平交道時，爲火車的鐵輪奪去了生命。其時，我正遭失業的徬徨，得此噩耗，彷彿崩潰了一般。可是，浮上心頭的則是一層驚疑的雲影。因爲他雖比我年輕二歲又八十天，但在一起時，總是他照應我的多。特別是上街出外，十之八九是他帶路。怎會在穿越平交道時粗心呢？

我忽然想到「自殺」兩個字，但不敢自信這個感覺。其後，日久天長，經由當日的朋友，如覃子豪，葉泥等兄的文字中，及我自己的觀察所得；細心默想，我終於發現「自殺」的跡象了。第一是他事先將友朋的信札、文件、照片均已焚燒殆盡，而他自己的文稿、作品，也完全毀棄一空。其次，也是最重要的，他信裡有三段自白：

我正在遭逢著生活上的蟄伏期的時候，已厭倦了一切。儘管那些是曾被我一度珍愛和追求過的高貴的東西。

對於詩，坦白地說：我是從來也沒有眞正的理解過。雖然經過幾年的摸索，但只能說是冒瀆了繆斯，睜著眼睛頻發夢藝，今後我將不敢再提筆了，將永遠不提筆以贖前罪。請相信我，這絕不是說著好玩的。

明天，我將回臺北去，把我交給板床、臭蟲、辦公桌，和一切我所厭倦極了的。

這是他最後一次到宜蘭、就在我的小宿舍中，當著我的面，寫給並未見過面之傳璞，由我寄發的信中幾段話。時間是四十二年十一月廿一日。直到去世，他確實不曾再有詩作了。可嘆當時的我，竟未嚴肅視之。職是之故，與其說火車的巨輪，奪走了他年輕的生命，不如說是偉大的詩神。在楊喚追求超越的靈魂中，讓他不得享有天年吧！他貧困、簡陋的生活，由生迄死，最好以「一生若寄，一貧如洗」形容。我這探索，可能使萬千讀者震驚。而要瞭解這位詩人，卻又非此莫由了。

但他的詩，卻將他有限的人間生命，永遠保留於世界文學的篇頁上了。在他離人間不及半年間，其定名爲《風景》的詩集，便於民國四十三年九月出版了。出版費全是朋友們拼湊而來。大家在討論編輯意見時，有時竟會滴下淚來。

現在半個世紀已在不知不覺中度過了，《風景》曾一再改編和整理。原來的編委們多已星散於天涯海角甚或不在人間。印行楊喚詩集及童話的其多已無法統計。這部《楊喚詩集》則是《楊喚全集I》的再度整理，增加了〈讚美〉及〈零下四十度〉兩首。尤其是〈零下四十度〉，全詩兩百行，原在《火炬》雜誌發表，寫於四十年三月。除了我讀過，且親手購得一册寄贈楊喚外，朋友們幾乎全未讀及。因爲《火炬》讀者不多，而且他又用「田邊」爲筆名。它是一首偉大的傑作。我尋找了半個世紀以上了。這次再行整理《楊喚詩集》時，我幾乎傷感近乎絕望的向葉步榮兄再談「尋訪」之事。步榮兄立即拜託文學史料專家秦賢次先生，終於在幾度連繫、探求下，在「七月十五日」這個大日子裡找到了！我大喜若狂，對葉、秦及熱心協助的封德屛、吳穎萍、楊心怡、陳遠建、朱護平諸位朋友，有說不盡的感謝。這對故友楊喚、對文學史都是偉大的貢獻。〈零下四十度〉是楊喚作品中最具特色的史詩，更是描述災難、戰爭的巨著。它是中國的血淚史，是絕大多數人民的哭喊與抗議。楊喚生於九一八的先一年，逝於近代中國最艱難的年代；雖猝折於二十三歲半的年輕歲月，但文學和詩已使他永垂不朽！

民國九十四年七月二十二日，臺北。

甲　抒情

小時候

小時候，
在哭聲裡長大，
讓我的日子永遠蒼白憂鬱。

從落後的鄉村走出來，
又跌落在都市的霓虹的燈彩裡。

我做過夢，寫過詩，
也愛過一個美麗多情的少女。

二十四歲

白色小馬般的年齡。
綠髮的樹般的年齡。
微笑的果實般的年齡。
海燕的翅膀般的年齡。

可是啊，
小馬被飼以有毒的荊棘，
樹被施以無情的斧斤，
果實被害於昆蟲的口器，

海燕被射落在泥沼裡。

Y・H！你在哪裡？

Y・H！你在哪裡？

鄉愁

在從前，我是王，是快樂而富有的，
鄰家的公主是我美麗的妻。
我們收穫高粱的珍珠，玉蜀黍的寶石，
還有那掛滿在老榆樹上的金幣。

如今呢？如今我一貧如洗。
流行歌曲和霓虹燈使我的思想貧血。
站在神經錯亂的街頭，
我不知道該走向哪裡。

垂滅的星

輕輕地，我想輕輕地
用一把銀色的裁紙刀
割斷那像藍色的河流的靜脈，
讓那憂鬱和哀愁
憤怒地氾濫起來。

對著一顆垂滅的星，
我忘記了爬在臉上的淚。

高粱啊

在金黃色的豐饒的土地上，
你開著用珍珠串成的花，
在颷風落雪結冰的北方，
你點燃著熊熊的火把。

高粱啊！

我和你一樣，
在北方那多難的母親的土地上

扎根，抽芽，拔節長大……

還記得嗎？
當我還是個黃毛未退的小娃娃，
就那麼喜歡你呀。

用你的秫稭做我跨下的白馬，
用你的葉子捲成吹起來嗚嗚響的喇叭，
用你的細篾紮成車馬和眼鏡和滴溜圓的大西瓜，
我更喜歡在你綠色的森林裡
撒驩，打滾，捉螞蚱，打烏米，
聽你和旅行田野的山風遊戲，
嘩啦啦地抖著滿身的長葉子，
就像落了一場雨……

還記得嗎？
當我們用磨亮了的鐮刀割下你，
那豐收的八月該多麼讓人歡喜：
忙完了秋天，打完了場，
我們就套好了老牛車，
頂著星星去趕集；
那是你給帶來的好年月，
東家忙著蓋房子置田地，
西家張羅著娶媳婦，嫁閨女……

高粱啊！

我在日日夜夜的想念著你，

我在日日夜夜的想著打回去，
好讓我還像小時候那樣
爬下山坡，涉過小河，
親切的走近你，
嘴裡唱著熱鬧的「蓮花落」，
帶著滿臉滿手滿身的泥……

我喝得爛醉

——給愛我的朋友們

酒，燒紅了臉
酒，燒紅了眼睛
把我的心燒得直冒火呵
今夜，因爲我太興奮
我喝得痛快，我喝得爛醉

這要是落腳在
一個正落著雨的小城
你看黃昏偷偷的溜進了小胡同

挑在澡堂門首的那盞青春的小紅燈
那我們該更興奮，更痛快

可是，在這裡
這是個天堂又是地獄的地方
這被罪惡和黑暗統治著的地方
這霉爛在荒淫和無恥裡的地方
我們憎恨，我們不愛

我告訴你：
我的老祖父老的
頭髮全白啦
——一搖頭就像一片秋風裡的蘆葦
他會喝酒，他還要喝酒

當他看著地裡的莊稼茁壯的長起來
又在大月亮地裡收割下來的時候
當他的女兒出嫁，兒子娶媳婦的宴席上
當他們一年來辛苦的收成都繳上了租
當他氣憤的罵過了「熊」人的保長
歡喜得流出了淚
愁苦得抬不起頭來的時候
他就要喝酒呵
（他會不吝嗇的拿出壓在箱子底下的錢
買來酒，那是他老也捨不得花掉的體己錢哪）
兩隻多青筋的大手攢緊了錫酒壺張大了嘴巴
讓酒像一道小河向他的喉嚨裡流……

今夜，因爲我太興奮

和你們在一起
頂屬我年青呵
我想起了家
我乾了一盃又一盃
我就醉了，我就喝醉了

我知道
現在，我的家從苦難裡爬了起來
我們的那個村子也從苦難裡爬起來

老祖父不再那樣寂寞了
張開昏花的兩眼
在等著我回去
我們那村子也等著我回去……

可是，現在我在這裡
我和你們喝得爛醉

可要知道呵
我終究要回去
我是老祖父的好孩子
我是我們村子裡一個最年青的人
我要回去下地
我要回去把這裡的醜惡講給他們聽
我要回去
在村頭
扯起一面旗子……
我喝醉了，我喝得爛醉了

但是，現在我就要醒過來

＊熊：欺侮人
下地：種地

鑰匙

我有一串鑰匙，
那拙笨短小的就像白癡和侏儒，
那姣好玲瓏的一如公主之美麗多姿。

當我煩躁的時候，
她們偏要高聲爭吵，
像一副冰冷無情的銬鐐；
在我安靜的時候，
她們也跟著輕輕低語，

使我懷想起
有牛羊的頸鈴搖響了成熟的秋日。

失眠夜

今夜，又一次
我免於被封鎖進痛苦的睡眠，
在沒有燈的屋子裡，
自己照亮自己。於是
紙煙乃如一枝枝的粉筆，
在夜的黑板上，
我默默地寫著
人生的問題與答案，
美麗的童話和詩句。

小樓

當風和雨在暗夜裡突然來訪，
這小樓乃如一株落盡了葉子的樹；
那憂鬱的夢啊，是枚白色的殼，
我呀，就是馱著那白色的殼的蝸牛。

我，有一對耽於沉思的眼睛；
樓，有很多扇開向藍天的窗口。
但，陽光的啄木鳥是許久也沒有飛來了，
不停地，不停地，我揮動著招引的手。

貓

凝固了的生活是寂寞的。
妳來了，給我以溫柔的回憶。
妳的同類中有一個是我的好友，
她和我曾共度童年的美麗。
但，今天，妳的殷勤的造訪是惱人的，
因爲他們拒絕再給妳我以
天眞的故事，昆蟲和玩具。

花與果實

花是無聲的音樂，
果實是最動人的書籍，
當它們在春天演奏，秋天出版，
我的日子被時計的齒輪
給無情地嚙咬，絞傷；
庭中便飛散著我的心的碎片，
階下就響起我的一片嘆息。

醒來

是誰投我於這無邊的惡夢？
是誰試煉我這昏眩的痛苦？
像被盛進女巫的黑色的魔袋，
像迷失於叢林蒼莽的峽谷。

是誰冷熄了我的火熱的思想？
是誰扭曲了我腳下的路？
使我呀，折斷了豎琴和歌唱，
使我呀，遠離了我喜歡的風景和愛讀的書。

啊啊，我不知道，我不知道。
直到今天，我醒來，才發覺：
是我錯受了庸俗與醜惡的招待，
用一切去換取慾望的追求和貪婪的滿足。

今天，我醒來，向蒼老的昨夜告別，
跪拜著迎接又一次的考驗，
今天，我醒來，我流下了懺悔的淚，
緊緊地擁抱住一個新的自己，放聲大哭。

船

像一首詩，
被寫在沉默的稿紙上；
像一張犂，
划行過哄笑著的土地：
你，掙脫了港口和繩索，
向藍眼睛的海走去。

當我想到自己
是怎樣匍匐在人生的峽谷，

我乃失聲痛哭了。
不，不是的呀，
那紛紛滾落的不是眼淚，
而是一場來考驗自己的大雷雨！

扇子

詩人說：風是滾動在天河裡的流水；
我想：那麼這扇子該是一架水車。
在這流水的日子裡，
在這苦旱的日子裡，
它，忙碌地工作著，
把那滾滾的流水引向我……

使我的思想寧靜美好，
像戀人們散步在月夜的林蔭路，

使我的詩心舒暢地休息著，
像嬰孩熟睡在多綠色的芭蕉的王國。

駝鈴與琴弦

黃昏的嶺上
有老人和他的駱駝走過。
摘下駝鈴
卸下琴弦
他說：怕年青人惹寂寞。

風裡，雨裡

是誰讓我走進玩具店
（想買一份禮物給我愛的孩子嗎？
可是她不在我的身邊。）
看璀璨的燈火，我有些黯然
一聲嘆息，一聲祝福
都是我獻給妳最美麗的花環
風裡雨裡
我有不盡的懷戀……

懷念

從浴室裡輕輕地走出來
用梳子理著絲絲長髮
也梳著那絲絲如髮的記憶
那少女的明朗的微笑
又在我眼前花般地綻開了
一如她在亮藍的昨日才別我遠去

窗外，靜止著美好的秋天
濃郁的大波斯菊正播散著

她那熟透了風情的少女的芳香般的氣息
而我的友人哪，卻不在這裡……

懷劉妍

閃動著，閃動著的，是妳的眼睛，
流過來，流過來的，是我們的愛情；
每當我回到走近來的過去的日子，
我的心就一如美好的田野和亮藍的星空。

那時候，那時候我們都該有多傻呀，
焦躁地守候著一個不會到來的童話，
日日夜夜地夢想著要駕金車飛去，
白色的馬是雲彩，美麗的軛是虹……

有一天，妳發覺：我的歌聲失踪了，
那是因爲我要去追尋我理想的神燈；
離開妳的愛撫和親人們的庇護，
獨自走進這冰冷的世界上來旅行。

可是，我呀，是如此地脆弱與卑污，
竟時時錯誤地滑落，如一粒脫軌的流星，
不是在懺悔著我不該遺棄了我的旗幟；
就是咒罵自己：怎麼又做了一次怯陣的逃兵……

此刻，黑暗的屋子，像沉悶的舞臺，
沒有妳溫柔的投射與愛的照明；
我躺著，像突然跌倒下來的悲哀的角色，
把這首懷念的詩朗誦給不在的妳聽。

給阿品

你有畫筆，
爲什麼不描繪下一幅天藍色的生活？
你有豎琴，
爲什麼不譜一曲健康響亮的歌？

喂！你，憂鬱的，
憂鬱病的患者。

你呀，你需要營養。

最好是到綠色的森林地帶去旅行，
採一捧陽光的花束，
搭一乘愉快的金馬車……

你呀，你就該準備起來，
像是走赴你的戀人的約會，
張開熱情的手臂，
迎接明天的工作……

我讓我的詩的鴿子，
訪問你於你孤獨的門外，
請你用友情做一枚銀色的封筒，
把鈴子一樣的笑聲盛入，寄回給我。

笛和琴

——給艾晴

你的笛有玲瓏的銀孔，
我的琴卻是無弦的。
當你讓你的笛音像薔薇朵朵開放，
我的琴遂也在寂寞的冷谷裡響起。

當思凡的星子從雲的樓閣裡悄悄落下，
我的憂鬱提著螢火蟲的燈籠走來，
每夜，在喝醉了月光的酒的彩湖邊，
我要騎上從童話裡馳來的白馬，

流浪到你的開著窗子的夢裡。

有誰知道鎖在我心之錦匣裡的鑽石的祕密？
孤獨的我是怎樣地在愛著你這花衣的吹笛人？
我的琴啊，也怎樣在深深地默戀著你的銀笛？

給林郊

讀著你的詩，像聽琴，
但，我是一點也不愉快；
每一個字都像是披雅娜的冰冷的牙齒，
咬嚙我痛苦的靈魂。

你，揮一揮手，說：
別了，別了，這煩囂之城！
於是，挾著角笛走向鄉村。
而我呀，有濃重的鄉愁，

來自遙遠的北中國。
這些日子，在心裡：
波動著綠色的大地的海，
茁長著綠色的高粱的森林。

贈禮

——給穆熹和他的珠子

用花束和朱古力，
來讚美你們的青春，
你們的快樂，
——我不願意。

說沿路的風景也太美，
也許有風有雨，
你們請到我這裡來休息，
——我不願意。

祝福列車平安的
駛向最後的驛站，
敲開那老於人類的幸福的
園堡底門環，
你們永遠地啜飲那最初的，
最初的蜜。

朗誦給康稔聽

康稔！面對著嘶喊的海
你該看一看
　那從浪花裡飛起來的海燕
你該看一看
　那從港口裡揚帆的遠行船
你也該張開翅膀飛起來呀
飛起來　飛起來
飛近春天的窗口

你也該揚帆出發呀
前進呀　前進呀
駛近春天的堤岸

感謝

——致安徒生

你父親製的鞋子不能征服荊棘的路，
你母親的手也沒有洗淨人們的骯髒；
而你點起來的燈啊，
將永遠地，永遠地亮在這苦難的世界上。

在那北風嗚嗚地吹著大喇叭的冬夜，
我不會寂寞，更不覺得冷；
因爲溫暖著我的有你的書的爐火，
坐在身旁的是那個賣火柴的小姑娘。

縱然那北方的春天曾拒絕我家的邀請，
我還是像雀鳥那樣快樂，太陽般的健康；
過去的牧豬奴已長成爲一個戰士；
我這從農場裡出來的醜小鴨啊，
已生出一對天鵝的翅膀。

感謝你給我以你的童話的教室。
感謝你給我以你的心的蜜糖。
感謝你給我以愛情和營養。
今天，我要在我詩的小城裡完成一座偉大的建築，
那就是立起你這丹麥老人的銅像。

號角・火把・投槍

——給詩人李莎

像古老而不衰弱的地球，
永遠孵育著新希望的人類，
苦難而倔強的中國呀，
也永遠要聳立在黎明的東方。

決不流淚，決不投降，
雖然被暴力劫奪了母親的土地，
而我們哪，
卻用戰鬥的血手

緊緊地擁抱了不屈服的海洋。

像反抗暗夜的向日葵，
我們永遠朝向眞理的太陽；
像熱戀藍天的雲雀，
我們也將永遠爲著自由歌唱。

「帶怒的歌」，
是你的第一面光輝的戰旗，
是你唱給我們的第一樂章，
但是，我還在急切地熱望著
你再給我們譜出一串撼人心弦的大交響。

哦！李莎呀，李莎。

吹起來，吹起來，
我們那飄動著美麗的流蘇的詩的號角！
燒起來，燒起來，
我們那燃燒著灼熱的血的火焰的詩的火把！
擲過去，擲過去，
我們那鋒利而又雪亮的詩的投槍！

椰子樹

像披著如絲的長髮的少女，
椰子樹嬌羞的站在寂寞的窗口。
默默地凝視著她，凝視著，
因爲，我今天異常的需要溫柔。

不必給她寫長長的信，
也不必陪她去月下輕輕的散步，
她知道怎樣愛著我，
也知道怎樣愛著小樓。

檳榔樹

星的金耳環，月的銀梳，
都是那些拜金主義者送妳的禮物；
高貴的長裙，曳地的晚禮服，
那是愛情病患者們用想像的輕紗給妳縫就的。

不要左右搖擺了罷。
不要迎風起舞了罷。
我不要吻妳這活在夜生活裡的貴婦。

我要帶著一隻微笑的紅燭去向向日葵求婚，
請蟋蟀收拾起他的藍色的小夜曲，
請小河不要朗誦詩句，
我只要用燭火點亮我的山歌，
直到我的歌聲引來那使她抬起頭來的日出。

童話

我的耳朵散步在草蟲的村落，
驚訝於一隻蜜蜂嚶嚶地哭泣；
我的嘴問他爲什麼會如此的痛苦，
而不去用歌和吻去挑逗那些迷人的花朵？

他說：那些沒有靈魂的花朵只有庸俗的美麗，
過度辛勞的工作使我把一切都完全忘記；
誰都知道蜜是香甜而又醉人的，
可有幾個知道我們那六角形的工廠

是怎樣的骯髒、吵鬧和擁擠？

這時有一群鵝大笑著從我身邊搖擺地走過，
我正在想：爲什麼他們會如此高興而不知煩惱？
我聽見我的心告訴我只有愚蠢和無知才能使人快樂。

八月的斷想

聽見了嗎？混濁的音樂溶解了，
又在不透明的黃昏的杯盞裡沉澱著，
有一群小精靈們舞蹈於流浪者的破帽簷上，
因縱情的戲謔而在吃吃地竊笑。

那個騎著黑驢的酒神已經遠從愛琴海上來啦！
我眞耽心，耽心那些謝落了繁花的園子，
還沒有成熟一串串釀酒的葡萄。

年青的，喜歡冒險的夢想家啊，
不要再攜著槳到銀河裡去試航了吧！
紙紮的細工被昨夜的呼吸無救地摧毀，
生命的平面上需要鋼鐵的立體的創造。

把久違的朋友邀來，把生活的地圖展開，
我們精密地計畫著怎樣爲秋天的列車，
在這丘陵地帶鋪設一條通往太陽的軌道。

短章㈠

你的嘆息
應該被快樂絞殺，
面對著明天歌唱。

你的腳步
應該跨出窄門，
向沸騰著的廣場。

短章㈡

這風景的日子，
我想著統治於嚴寒的地帶。
號角就要嗚啦嗚啦地吹響了！

向冬天出發，
我們的鋼鐵般的隊伍
是春天的儀仗。

島上夜

童話般的夜呀，
在閃動著無數隻燈的眼睛。

不是失眠，
我是在透明的夢裡醒著，
聽列車載著夜
向金色的黎明。

像秋天

成熟著紅色的果實，
島上夜
正成熟著我們的回家的夢。

像青春的少女
成熟著迷人的乳房，
島上夜
正成熟著明天的風景。

我歌唱

我鄙棄瘖啞地哭泣著流浪的手風琴，
我熱戀著我的槍。

今天，旌旗滿山，
我們的隊伍像森林，
用仇恨搥打詩句，
迸射著憤怒的火花，
我呀，我是森林中的鍛鐵匠。

我歌唱，
復興的中國在明天，
我歌唱，
海那邊的暗夜不會長。

犂

密集著的是甘蔗的隊伍。
成熟著的是稻的彈粒。
沉默著的是像地雷般的鳳梨。
香蕉姑娘害羞的懷孕著幸福。
椰樹少女熱烈的擁吻自由。
這裡的土地呀，在酗著陽光的火酒……

犂呀，是帶來祝福和營養的使者，
不再是要用我們的痛苦來餵養的農具；

牛啊，是和我們分享甜蜜的朋友，
不再是駕著沉重的軛的奴隸；
今天，在一切都開花和歌唱的日子裡。

快修好你的犂耙

快修好你的犂耙呀，
快修好你的犂耙。

就像你在偷偷地懷念著
那個飄著花裙的少女；
犂呀，在深深地相思著土地哪，
牠渴望著擁吻牠的戀人，
在她的胸膛上激起朵朵興奮的浪花。

布穀鳥在不停的催請，
大水牛也等得不耐煩啦。

快修好你的犂耙呀，
快修好你的犂耙。

瘧蚊般殘忍的榨壓和吸取，
又污穢地排泄，骯髒地分泌……

海呀，我了解你那憤怒的吼叫，
海呀，我聽見了你那痛苦的呼吸。

愛的乳汁

中國的鄉村的輪廓，
是用被苦難給扭曲了的線條組成的；
鄉村裡的母親們的日子啊，
是汗水和眼淚和鼻涕的容器。

以泥土做搖籃的孩子們，
可曾對泥土捧出忠實的愛情？
像辛勞的母親們用愛的乳汁，
孵育我們這些不安的小鴨和頑皮的雛雞？

卑怯的人子啊，請看：
母親的背影是怎樣顫抖地在畫面上凸出；
愛的乳汁又是怎樣磨出的。

海

最偉大也最豐富，
但你從不炫耀和驕傲，
只永遠唱著一隻歌，
說著一句簡單而又動人的言語，
不拒絕那向你紛紛投下的網罟，
也無視於這世界上所有的，
貪婪的杯卮和無恥的容器。

而我們這些自私的人類呀，

卻像蜂殼般把自己緊緊關閉，
吝嗇著愛與溫暖和同情的施捨，
只知道像驅使那兇狠的獵犬，
放縱著罪惡的私慾。

今天的歌

不要再幻想自己
是童話裡白馬的騎者吧！
不要再搖落一串嘆息！
快來為莊嚴的時代歌唱。
為受傷者輸血，看護，
給死難者招魂，畫像。

爲了建築人類明天美好的工程，
你我都應該獻出自己的生命。

春的告誡

凡是陳舊的姿態都該改變，
凡是不堪積壓的都急速突破，
讓生者倔強的爆裂開土地，
讓死者埋下去塡補他的空位，
呵！那些渴求著光和熱的，
我給你們年輕的時間，
過時不再，過時不再。

所有能發聲音的都發到無限，

所有褪失顏色的都重新閃光，
一切都在艱苦的鬥爭中；
智慧屬於工作向它服從，
呵！那些渴求著光和熱的，
我給你們年輕的時間，
過時不再，過時不再。

附註：

臺灣與大陸開放來往以後，我得到一九九一年十月廿五日出版的《華夏時報》，刊有作家黃秐〈秋雨樓頭憶楊喚〉一文，指稱〈春的告誡〉乃李瑛的作品。令人訝異之至。按楊喚生前即民國四十三年四月以前，兩岸完全隔絕，全無音信。吾人祇能以「存疑」視之了。（民國八十七年十一月十一日歸人記）

雨

憂愁夫人的灰色的面紗，
快樂王子的痛苦的眼淚，
把我屋子裡的太陽輕輕網住，
把我窗外的夜叮叮噹噹地敲響，
哎，我再也不能入睡，再也不能入睡。

雨中吟

雨呀，密密地落著像森林，
我呀，匆匆地走著像獵人。

雨，不疲倦地落著，
我，不休息地走著。

踏著雨的音樂的節拍，
我追逐著那在召喚著我的名字的
歷史的嚴肅的聲音。

詩

詩，是不凋的花朵，
但，必須植根於生活的土壤裡；
詩，是一隻能言鳥，
要能唱出永遠活在人們心裡的聲音。

可是，眞慚愧呀！
那些被我移到紙上的
只是字的黑色的屍體，
詩的蒼白的標本。

詩人

最重要的，不僅是
去學習怎樣「發音」與「和聲」，
今天，詩人的第一課
是要做一個愛者和戰士，
然後，才能是詩的童貞的母親。
摔掉那低聲獨語的豎琴吧！
向著呼喚你的暴風雨，
把腳步跨出窄門。

詩簡

很久了，我沒有寫詩，
這不是因爲被寂寞塵封了絃琴，
也不是被憂鬱麻痺了知覺，
而是像熱戀著一個美麗多情的少女，
我正幸福地熱戀著
這風景畫一樣美麗的，
美麗的童話一樣美麗的島。

可是啊，我更有無盡的憎恨和懷念，

此刻，我知道亞熱帶的暖流
正和來襲的西伯利亞的寒流搏戰，
坐在落雨的窗前，我彷彿聽見了
海那邊正湧捲著的死亡的風暴，
沸騰著的無助的哭泣和呼喚，
我彷彿看見了
那無數的流血的絞架，
鎮壓著不安的城市和田園……

來呀，握手，集合，
唱歌，用我們所有的聲音，
讚美這成熟著自由和幸福的果園，
工作，舉起我們手臂的森林，
招引那像白羽的鴿子般地

正向我們飛旋而來的明天……

在我們的母親的土地受難的時候，

在我們的鋼鐵的隊伍就要出發之前。

載重

樹的愛情是忠實的，
她不能離開泥土和鄉村；
雲的生活是懶散的，
只知道悠閑的散步，愉快的旅行。

那麼，請載重的車快出發吧！
載著我們的夢想和希望，
穿過通往幸福的路，
馳向那遙遠的自由的城。

黃昏

——詩的噴泉之一

壁上的米勒的晚鐘被我的沉默敲響了，
騎驢到耶路撒冷去的聖者還沒有回來。

不要理會那盞燈的狡猾的眼色，
請告訴我：是誰燃起第一根火柴？

路

——詩的噴泉之二

車的輪，馬的蹄，閃爍的號角，狩獵的旗，
不疲憊的意志是向前的。

爲什麼要抱怨那無罪的鞋子呢？
你呀！熄了的火把，涸池裡的魚。

期待

——詩的噴泉之三

每一顆銀亮的雨點是一個跳動的字，
那狂燃起來的閃電是一行行動人的標題。
從夜的檻裡醒來，把夢的黑貓叱開，
聽滾響的雷爲我報告晴朗的消息。

雲

——詩的噴泉之四

不要再在我的藍天的屋頂上散步！
我的鴿子曾通知過你：我不是畫廊派的信徒。
看我怎樣用削鉛筆的小刀虐待這位鏟形皇后，
你就會懂得：這季節應該讓果子快快成熟。

夏季

——詩的噴泉之五

白熱。白熱。先驅者的召喚的聲音。
下降。下降。捧血者的愛情的重量。

當鳳凰正飛進那熊熊的烈火，
爲什麼，我還要睡在十字架的綠蔭裡乘涼？

鳥

——詩的噴泉之六

飛進印度老詩人的詩集，跳上波斯女王的手掌。
我呢？沉默一如啞者，愚蠢而無翅膀。

阿里斯多芬曾把他的憧憬攜入劇場，
法郎士的企鵝的國度卻沒有我泊岸的港。

日記

——詩的噴泉之七

昨天，曇。關起靈魂的窄門，
夜宴席勒的強盜，尼采的超人。

今天，晴。擦亮照相機的眼睛，
拍攝梵．谷訶的向日葵，羅丹的春。

獵

——詩的噴泉之八

山林裡有帶槍的獵者，
貓頭鷹且不要狂聲獰笑。

沙漠裡有汲水的少女，
駝鈴啊，請不要訴說你的寂寞和憂鬱。

告白

——詩的噴泉之九

梵諦崗的地窖裡囚不死我的信仰，
贋幣製造者才永遠怕晒太陽。

審判日浪子將匍匐著回家，
如果麥子不死，我們到哪裡去收穫地糧？

淚

——詩的噴泉之十

催眠曲在搖籃邊把過多的朦朧注入脈管，
直到今天醒來，才知道我是被大海給遺棄了的貝殼。
親過泥土的手捧不出綴以珠飾的雅歌，
這詩的噴泉呀，是源自痛苦的尼羅。

我是忙碌的

我是忙碌的。
我是忙碌的。

我忙於搖醒火把，
我忙於雕塑自己；
我忙於擂動行進的鼓鈸，
我忙於吹響迎春的蘆笛；
我忙於拍發幸福的預報，
我忙於採訪眞理的消息；

我忙於把生命的樹移植於戰鬥的叢林，
我忙於把發酵的血釀成愛的汁液。

直到有一天我死去，
像尾魚睡眠於微笑的池沼，
我才會熄燈休息，
我，才有個美好的完成，
如一冊詩集；
而那覆蓋著我的大地，
就是那詩集的封皮。

我是忙碌的。
我是忙碌的。

讚美

——新畢業的女教師

你們的心最甜蜜，
甜蜜得像充滿著香氣的糖果廠。
你們的愛最美好，
美好得一如彩色繽紛的玩具店。

天眞的孩子們將有福了，
因爲你們都是童話裡的仙女，
將會賜予他們以一對智慧的金翅膀，
引導他們遊憩於盛開著幸福與快樂的花園……。

我知道你們是在怎樣的期待著，
期待著把自己做一次莊嚴的呈獻。
所以呀！我要唱出衷心的讚美，
再送給你們一首詩人的詩：

新畢業的女教師

從此，像將要開放的花朵，
這一群夢幻裡的少女說：
「我們是老師了。」

還不善于化粧的臉上，
動人的眸子閃亮的說：
「我們是老師了。」

像是在母親的懷裡撒嬌，
數著朱紅的嘴唇說：
「我們是老師了。」

這一群聖女們擔心著，
自己頭上的輝煌的金光……。

附註：

民國四十二年李昌霞女士（即葉纓）自北師畢業，由歸人引介，即與李含芳同往宜蘭任教。楊喚特以〈讚美〉一詩相贈。他對教師一職，一逕欣羨嚮往，在此詩中更表露無遺。且曾到宜蘭與之歡聚一次。〈新畢業的女教師〉乃楊喚譯自日本某作家的作品。他的日文根柢頗佳，來臺灣後復在國防部士兵補習班上，又作短期學習。我估計他譯自日文的作品，頗有可觀。只可惜使用筆名太多，如今難以「追認」了。

風景

我在八月的明亮的早晨醒來，
我在夢見回家的夢裡醒來，
我在
我在美麗的風景裡醒來，
窗外是太陽用金針編織起來的天空，
遠處是綠色的山野和森林和

（此詩未寫完——歸人謹註）

送郎

送郎送到對門坡呀！
風吹樹葉對對梭呀，
今天隔你一張紙，
明天隔你萬重坡。

舉刀斷流　流不斷
海深的恩情無比長呀！

附註：

這是他寫在八開白報紙上的一首民歌。不知究竟是創作，還是他們東北的民間歌謠。惟恐遺珠，特存錄於此。又據李莎兄相告，楊喚曾以「陳保郁」筆名，譯有日本作品《靈魂的產聲》一種及創作甚多。然因日久，已難以辨識。我也曾多次親見楊喚用此筆名的「詩稿」，甚望有心者注意。凡此均可說明他對自己的作品，向來不珍惜收藏。

零下四十度

風啊，你別再嗚啦嗚啦地吹罷
雪呀，你別再又濃又密地飄罷
冰封了山，冰封了河
冰封了灰色的天空
冬天，零下四十度的嚴寒啊
早就凍僵了
　我們那一座可憐的垂死的村莊
那村莊

瘖啞了往日那些響亮的聲音
那村莊
消失了往日那些多彩的顏色
那村莊
在受著虐待
那村莊
在被謀害呀

村口上那個鐵匠鋪
關死了兩扇門
喊破了嗓子也叫不出來一個人
門前再也看不到那一片閃閃溫紅的火光
　再也聽不到那風箱和鐵錘一起一落的響
那日夜不停的唱歌的老磨坊啊

到處都是凍硬了的鳥糞和蜘蛛網
在那家家戶戶的屋簷下
不見了那掛得一串串的大包米和紅辣椒
只有結滿了冰花的小玻璃窗
張著憂鬱地眼睛
憂鬱地望著那就要塌倒的黃土牆
老母鷄睡在草窩裡不再叫一叫
小毛驢瘦得剩一把骨頭
再也啃不動那個破木槽
老黃狗餓得苦
夾著尾巴病倒在大門旁
老北風見著洞就鑽
連老鼠都冷得搬了家
那村莊，那可憐的村莊啊

變成了滴著血的「鬥爭」的絞架
變成了流著血的「清算」的刑場
那村莊，那垂死的村莊啊
好荒涼……

那原是一腳會踩出油來的
忠實的黑色的土地呀
如今雖然滿身是凍裂的傷口
還穿起慘白地冰雪底孝服
好預備著，預備著
給快嚥下了最後一口氣的村莊出喪
而那喝飽了血的醜惡的五星旗呀
卻穿著滿身大紅
無恥地獰笑在垂死的村莊上……

那村莊，那可憐的村莊
呵，呵
那垂死的村莊啊

老祖父白髮蒼蒼
扶著拐杖
還搖搖晃晃地下不了炕
他無力地張開昏花的老眼
望著那斷了腰的犁耙
望著那被挖空了的米倉
眼淚跟著鼻涕
像一條小河般不停地往下淌……
唉，死了連骨屍都沒有人來收啊

就是做了鬼又怎麼會太平
還不是要無家無舍地在漫山野裡蕩……

爸爸因爲繳不上那繳不完的「支前糧」
被打得一塊子紅一塊子青
滿身是血
抬了回家
不到三天就死了
伸著舌頭，咧著嘴
臨嚥下最後的一口氣
他還是不肯把瞪得溜圓的眼睛閉上……

哥哥和別的年青人一樣
被逼著離開了破落的家

被開往砲火連天的戰場
被送過那遙遠的鴨綠江……
姐姐不再嗡嗡地搖紗車
　也不再忙著縫那些預備出嫁的新衣裳
姐姐讓活牲口們給糟踏了
悲慘慘地編進「慰勞隊」……
那不滿五歲的小弟弟
瞪著餓貓一樣的大眼睛
鬼哭狼嚎地喊著媽媽
哭累了就蓋上那床破棉被
餓著乾癟肚子
蒙起頭來像死了一樣的睡……

媽媽呢

我那親愛的媽媽呢
　我那親愛的媽媽她瘋了啊
她不再害臊，也不怕冷
披頭散髮的又哭又笑
不穿褲子在大雪地裡跑
她喊著爸爸的名字
她喊著哥哥和姐姐的名字
沒有人回答她呀
她那顫抖的聲音
被凍成一片片地跌落在雪地上
只有那跟她一樣發了瘋的大風雪
無情地咬著她凍腫的身子
無情地撕裂著她那在流血的心……

那村莊，那可憐的村莊
呵，呵
那垂死的村莊啊

風啊，你別再嗚啦嗚啦地吹罷
雪呀，你別再又濃又密地飄罷
冬天，零下四十度的嚴寒啊
你快滾蛋吧
你快撤退吧
你，快投降！

看哪
衝破冰封的雲層而出來的
是那火輪子般的太陽

聽啊
　從天邊滾滾而來的
　是那驚蟄的春雷憤怒地吼響
春天，勝利的春天哪
就要擊碎你嚴寒的封鎖
就要搗毀你冰雪的巢穴
揚起綠色的大旗
帶著花朵和溫暖進軍
讓南風，那浩蕩地天兵
向你展開掃蕩……

我呀
我將要歡喜得跳起來
我將要歡喜得痛哭起來

我將要歡喜得像發瘋啊
我將要大聲的喊
　　大聲的唱
我將要帶著我的歌唱春天的詩章
跟著春天
回到那擁抱我的家
回到那擁抱春天的我們的村莊

冰封了的山要解凍
讓它從一個惡夢裡醒過來
乾乾淨淨地洗個臉
再梳一梳
那亂糟糟地綠色的森林的頭髮……
冰封了的河要解凍

讓它布魯布魯地快樂的歌唱著
在天底下，自由地流向哪一方
冰封了的灰色的天空也要解凍啊
讓雲彩給它仔細地擦一擦
擦得又亮又藍地
露出那耀眼通紅的太陽

讓太陽伸出溫暖的手掌
親愛地摩撫著我們的村莊
讓那受盡了折磨的村莊
熱鬧地懸燈結彩
讓那受盡了折磨的村莊
脫落了冰雪的瘡疤
露出健康愉快地臉色

縱聲地笑個痛快
讓那一腳會踩出油來的黑色的土地呀
換上一套洒滿了花香的綠色的新裝……

讓老祖父硬幫幫地再活下去
舒舒服服地靜享他晚年的清閑
讓死去的爸爸底墳上開遍花朵
讓爸爸的愛在花朵裡復活
讓媽媽的病好了
再高高興興地忙來忙去
給我燒一頓噴香噴香的高粱米飯
讓哥哥活著回來
娶一房能幹的好媳婦
幫著他重整破碎的家園

讓姐姐的臉美得像春花
穿上繡花紅棉襖
跟著嗚啦啦吹響的喇叭
坐著一頂小紅轎
去出嫁……
讓我親愛的小弟弟
又蹦又跳地
吹著柳條做成的口哨
去上學……
讓我們忠實的家畜
　那老母鷄帶著絨球似的小鷄雛
　在牆角散步
讓那吃飽了的老黃狗
躺在老祖父的身邊晒太陽

讓那強壯的小毛驢大笑著撒歡
活潑得像年青的小伙子一樣……
讓我安靜地睡在燒得滾熱的炕上罷
在夢裡也聽得見
那風箱和鐵錘輕輕地響
在夢裡也聽得見
那從磨坊裡溜出來的快樂的歌唱……

風啊，你別再嗚啦嗚啦地吹罷
雪呀，你別再又濃又密地飄罷
冬天，零下四十度的嚴寒啊！
快滾你蛋
你快撤退
你，快投降！

乙 兒歌

童話裡的王國

小弟弟騎著白馬去了，
小弟弟騎著白馬到童話的王國裡去了，
媽媽留不住他，
爸爸也留不住他，
就是小弟弟最愛聽的故事，
和最喜歡的小喇叭，
也留不住他。

啄木鳥知道了，

很早很早地就給小弟弟
把金銀城的兩扇門敲開啦；
老鼠國王知道了，
很早很早地就穿上新的大禮服，
在那一大朵金黃色的向日葵花底下迎接他啦。

啊！熱鬧的日子，
高興的日子，
美麗的老鼠公主出嫁的日子呀。
（晴藍的天也藍得亮晶晶的，藍得不能再藍啦！）
太陽先生扶著金手杖，
來參加這老鼠國王嫁女的婚禮來了。
風婆婆搖著扇兒，
也匆匆忙忙地趕來了。

——好多的客人哪！
祇有小弟弟一個人，
騎著美麗的小白馬。

美麗的公主羞紅著臉請客人們吃酒了。
美麗的公主羞紅著臉伴著客人們跳舞了。
客人們高興得要瘋啦。
老鼠國王臉上笑得要開花啦。
（眞的，這幸福的王國裡開遍了幸福的花！）
醉了的客人們獻給公主的是——
一頂用雲彩編結的王冠。
太陽先生是個聰明的老紳士，
就用一串串的星星做贈禮。
——珍珠似的星星好鑲在那頂王冠上呀。

風婆婆送公主一把蜂蜜做的梳子。
——好梳公主那烏黑的長頭髮呀。
小弟弟送什麼好呢？
小弟弟送她一個洋娃娃吧！

兩隻年青的小白兔抬著一頂紅紗轎，
一隊紡織娘的吹鼓手，
一隊螞蟻的小旗兵，
走遠了，走遠了：
老鼠公主從金銀城嫁到百花城去了。
聽說公主的女婿
是一隻漂亮體面的紅冠大公雞。

夜好靜好深呀！

客人們都醉得不能走路了。
小弟弟的眼睛小得只剩一道縫了。
小弟弟要睡了。

小弟弟呀！小弟弟呀！
媽媽和爸爸在叫你哪！
小弟弟呀！小弟弟呀！
你的大喇叭急得要哭啦！

小弟弟快回去吧！
你若是害怕走夜路，
螢火蟲會提著燈籠送你回家。

把好心的風婆婆送給你的糖果

留給小妹妹吃；
把老鼠國王送給你的搖籃
留給小妹妹睡；
太陽先生送給你的那顆小小的希望星
就送給最愛你的小戀人罷。

夏夜

蝴蝶和蜜蜂們帶著花朵的蜜糖回來了，
羊隊和牛群告別了田野回家了，
火紅的太陽也滾著火輪子回家了，
當街燈亮起來向村莊道過晚安，
夏天的夜就輕輕地來了。
來了！來了！
從山坡上輕輕地爬下來了。
來了！來了！
從椰子樹梢上輕輕地爬下來了。

撒了滿天的珍珠和一枚又大又亮的銀幣。

美麗的夏夜呀！
涼爽的夏夜呀！
小雞和小鴨們關在欄裡睡了。
聽完了老祖母的故事，
小弟弟和小妹妹也闔上眼睛走向夢鄉了。
（小妹妹夢見她變做蝴蝶在大花園裡忽東忽西地飛，
小弟弟夢見他變做一條魚在藍色的大海裡游水。）
睡了，都睡了！
朦朧地，山巒靜靜地睡了！
朦朧地，田野靜靜地睡了！
只有窗外瓜架上的南瓜還醒著，
伸長了藤蔓輕輕地往屋頂上爬。

只有綠色的小河還醒著，
低聲地歌唱著溜過彎彎的小橋。
只有夜風還醒著，
從竹林裡跑出來，
跟著提燈的螢火蟲，
在美麗的夏夜裡愉快地旅行。

七彩的虹

接到了太陽國王的大掃除的命令，
小雨點們就都坐上飛跑著的烏雲，
賽跑著離開了天上的宮廷。

他們給稻田和小河加足了水，
他們給骯髒的山谷洗過了澡，
就又來洗淨了清道夫永遠也掃不完的城市，
也洗淨了悶熱的飛滿了塵土的天空。

太陽國王爲了獎賞他們眞能幹，
就送給他們一條美麗的長彩帶，
那就是掛在明亮的雨後的天空中的
紅、橙、黃、綠、青、藍、紫的七彩的虹。

水果們的晚會

窗外流動著寶石藍色的夜，
屋子裡流進來牛乳一樣白的月光，
水果店裡的鐘噹噹地敲過了十二下，
美麗的水果們就都一齊醒過來，
請夜風指揮蟲兒們的樂隊來伴奏，
這奇異的晚會就開了場。

第一個是香蕉姑娘和鳳梨小姐的高山舞，
跳起來裙子就飄呀飄的那麼長；

緊接著是龍眼先生們來翻觔斗，
一起一落地劈拍響；
西瓜和甘蔗可眞滑稽，
一隊胖來一隊瘦，怪模怪樣地演雙簧；
芒果和楊桃只會笑，
不停地喊好，不停地鼓掌。

鬧呀笑呀的眞高興，
最後是全體水果們的大合唱，
她們唱醒了沉睡著的夜，
她們唱醒了沉睡著的雲彩，
也唱來了美麗的早晨，
唱出來了美麗的早晨的太陽。

美麗島

有藍色的吐著白色的唾沫的海
小心地忠實地守衛著，
寒冷的冰雪永遠也不敢到這裡來。

有綠色的伸著大手掌的椰子樹
緊緊地拉住親愛的春天，
美麗的花朵永遠成群結隊地開。

在這裡

小朋友們都像健康的牛一樣地健康，
在這裡
小朋友們都像快樂的雲雀一樣地快樂。

你來看！
小妹妹是夢見香蕉和鳳梨在街上跳舞了吧？
要不怎麼睡在媽媽的懷裡
還是不停地在微笑？

你知道這裡是什麼地方嗎？

告訴你，她的名字叫臺灣，
是甜蜜的糖的王國，
是童話一樣美麗的，美麗的寶島。

春天在哪兒呀？

──春天來了！
──春天在哪兒呀？
小弟弟想了半天也搞不清；
頂著南風放長了線，
就請風箏去打聽。

海鷗說：春天坐著船在海上旅行，
難道你還沒有聽見水手們迎接春天的歌聲？
燕子說：春天在天空裡休息，

難道你還沒有看見忙來忙去的雲彩，
仔細地把天空擦得那麼藍又那麼亮？
麻雀說：春天在田野裡沿著小河散步，
難道你還沒有看見大地從冬眠裡醒來，
梳過了森林的頭髮，又給原野換上新裳？

太陽說：
春天在我的心裡燃燒，
春天在花朵的臉上微笑，
春天在學校裡跟著孩子們一道遊戲一道上課，
春天在工廠裡伴著工人們一面工作又一面唱歌，
春天穿過了每一條熱鬧的大街，
春天也走進了每一條骯髒的小巷，
輕輕地爬過了你鄰家的牆，

也輕輕地走進了你的家。

小弟弟說：讓春天住在我的家裡罷！
我會把最好吃的糖果給它吃，
媽媽會給它預備一張最舒服的小木床，
等到打回大陸去，
讓爸爸媽媽帶著我跟春天一起回家鄉。

森林的詩

「太陽好！
早晨好！」
喜鵲小姐第一個睜開眼睛，
打開綠色的百葉窗，
向剛才來上班的太陽，
向剛才起床的早晨，
一遍又一遍地叫。

頂著滿頭的露珠，

小菌子從四面八方來集合了，
排成一列列的小隊伍，
讓風先生做指揮，
在鋪遍野花的操場上
開始作體操。

啄木鳥叔叔最被大家尊敬，
因爲他是一位熱心腸的好醫生，
每天都是從早忙到晚，
還沒吃過早飯，
就被請走給老杉樹公公去看病。
不帶體溫計，
也沒有聽診器，
他仔細地給老杉樹檢查，

用他那長長的，又尖又快的大嘴巴。

白兔弟弟最聽媽媽的話，
一早起來就刷過牙，洗過那長長的大耳朵。
他是辛勤的小園丁，
不偷懶，愛工作。
他種小花小草，
種一畦小麻豆，也種一畦小胡瓜。
他最高興的是看著
播下去的種子變成了嫩芽。

畫眉姑娘是個小小的音樂家，
可是她不願意躲在家裡吹口琴。
她怕住在森林裡的朋友們太寂寞，

就飛東飛西去訪問，
讓辛苦了一天的朋友們坐下來休息，
聽她唱幾支這世界上最好聽的歌。

狐狸和狼不再做那些壞事情，
他們現在是親熱的好鄰居，
一對用功的好學生，
他們在一起散步，在一起上學校，
蜜蜂老師教他們唱歌，教他們識字，
森林就是他們的大教室。

貓頭鷹長年地戴著一副大眼鏡，
你該知道，他是最有學問的老博士，
白天他把自己關在屋子裡，

讀那一厚册一厚册的硬皮書，
到晚上一點也不想睡覺，
不停地對著月亮和星星講故事，
一歡喜起來就怪聲怪氣地笑。

花

叮呤呤，叮呤呤
鈴蘭花搖響一串串小鈴子；
嗚啦啦，嗚啦啦，
牽牛花吹起一隻隻小喇叭。
有細雨給漂亮的百合花洗臉。
有微風給白頭的蒲公英理髮。
有夜鶯爲紅玫瑰歌唱。
有太陽跟康乃馨親熱的談話。
有蜜蜂介紹花朵和花朵結婚。

花的家族，最美也最大！

花，是人們最好的朋友。

花，去訪問學校、醫院，

和每一幸福溫暖的家。

花，把香氣散滿了這世界。

花，開在中國、日本、美國和西班牙。

下雨了

下雨了。
太陽怕淋雨回家去休假。
火車怕淋雨忙著開向車站。
汽車和腳踏車還有老牛車也都忙著趕回家。
可憐的是那高大的電線桿和綠色的郵筒，
淋著雨站在街頭一動也不能動。
花朵和樹木都低頭流淚。
小鴨和小鵝浸在泥水裡玩得最高興。
麻雀躲在窠裡睡了覺。

小妹妹怕聽那轟隆轟隆的雷聲，
爬上床又蒙上被還捂緊了耳朵。
迎著風雨，只有勇敢的海燕，
不停地在海上向前飛行，飛行。

小紙船

你就快點摺起一個小紙船罷，
別捨不得一張白色的勞作紙呀，
再用你五彩的蠟筆
畫上一個歪戴著白帽子的小水手。

小蟋蟀是去參加一個音樂會，
要過河去唱歌；
小螞蟻忙了一天想媽媽，
要過河趕回家。

你看，你看他們都等急啦！

當那太陽先生向白天告別的時候，
當那雲彩小姐被吻得羞紅了臉，
當那蝌蚪孩子要躲在河床下休息，
就讓你的小紙船揚帆罷！

讓它浮過小橋，
讓它輕輕浮過小橋，
可別驚醒了睡在小河上的晚霞。

快點划！快點划！
千萬叮嚀你的小水手
別在半路上停了船哪，

別讓他靠了岸去給他的小戀人
採那開得金黃金黃的蒲公英花。
你該知道，這時候，
那熱鬧的音樂會上已經響過一遍嘹喨的小喇叭，
就是小螞蟻的媽媽也正焦急地等著他回去吃晚飯哪。

等那月牙兒向小河照鏡子，
等那星星們都頑皮地鑽出了頭，
等那夜風和小草低語的時候，
等那花朵都睡了，等那蟲兒都睡了的時候，
螢火蟲也該提著燈籠來了。
讓他們迎接你的小紙船和那忠實的小水手，
平安地彎進那生遍蘆葦的靜靜的小港口！

小蝸牛

我馱著我的小房子走路，
我馱著我的小房子爬樹，
慢慢地，慢慢地，
不急也不慌。
我馱著我的小房子旅行，
到處去拜訪，
拜訪那和花朵和小草們親嘴的太陽。
我要問問他：
爲什麼他不來照一照
我住的那樣又濕又髒的鬼地方？

小螞蟻

我們是一群不偷懶的小工人，
搬不動哥哥的故事書，
拉不走姐姐的花毛線，
我們來抬小妹妹吃剩下的碎餅屑。
下雨了，
有小菌子給我們撐起了最漂亮的傘；
過河了，
有花瓣兒給我們搖來了最穩當的船。

小蟋蟀

克利利！克利利！
媽媽的故事眞好聽。
克利利！克利利！
洋娃娃的眼睛眞好看。
克利利！克利利！
誰讓你的小臉和小手黑又髒？
克利利！克利利！
不哭不鬧睡一覺，
我的歌兒唱到大天亮。

小蜘蛛

要黏住小蚊子討厭的尖嘴巴。
要黏住小蒼蠅亂飛的小翅膀。
蜜蜂姊姊小心呀，
可別飛到這裡來給我送蜜糖！
風兒把落花吹上我的網，
露水把珍珠掛上我的網：
最漂亮的呀，
是我家。

肥皂之歌

小朋友們，你們一定都會認識我，
說我是一塊好肥皂。
我不像那些穿得花花綠綠的香肥皂，
被擺在大百貨店高貴的櫥窗裡，
一生下來，
我就被工人們裝進一個粗糙的大木箱。
可是我很快樂，
我也很驕傲。
我願意幫助你們的媽媽辛苦地洗衣裳，

我更願意跟著你們快活地吹泡泡。
來，讓我們做一個好朋友吧！
讓我每天替你們洗乾淨那又黑又髒的小手，
再高興地看著你們穿著洗得又乾淨又漂亮的衣裳
去上學校！

眼睛

小黑貓有兩隻黃色的大眼睛，
在沒有月亮的晚上走路，
那兩隻大眼睛就是牠的燈。

小麻雀的眼睛最靈活，
歡歡喜喜地飛起來，
找著寂寞的孩子唱最快樂的歌給他聽。

小老鼠的眼睛在夜裡才睜開，

不敢走出來晒一晒太陽散一散步，
永遠要守著一個又黑又濕的小土洞。

媽媽的眼睛像太陽那樣溫暖，那樣亮，
她微笑地看著你，她永遠地祝福你，
因爲你是她最愛的寶貝兒。

你的眼睛是窗子，
要向著明亮的好太陽打開來呀！
要向著藍色的天空打開來呀！
要向著你要走的，也是最好的一條路打開來呀！
別一看見書本就懶洋洋嚷：「喔！我的頭痛！」
然後緊緊閉上，如像那闔上的蚌殼。

家

樹葉是小毛蟲的搖籃。
花朵是蝴蝶的眠床。
歌唱的鳥兒誰都有一個舒適的窠。
辛勤的螞蟻和蜜蜂都住著漂亮的大宿舍，
螃蟹和小魚的家在藍色的小河裡。
綠色無際的原野是蚱蜢和蜻蜓的家園。

可憐的風沒有家，
跑東跑西也找不到一個地方休息。

飄流的雲沒有家，
天一陰就急得不住地流眼淚。
小弟弟和小妹妹最幸福哪！
生下來就有了媽媽爸爸給準備好了家，
在家裡安安穩穩地長大。

快上學去吧

——快上學去吧！
小書包發急地看著那越升越高的太陽。
——快上學去吧！
老鬧鐘也扯著嗓子大聲的嚷。
懶洋洋地看著天花板，
小弟弟裝做生病不起床。
蒙上頭，正想再睡，
忽聽得他們在開會：
眼睛說：很好！我要關起窗子永遠地休息！

耳朵說：不錯！我要鎖起門來整年的睡！
鼻子說：很好！我高興放長假！
腳　說：我也永遠不想再走路！
手　說：那我也永遠不想再工作！

小弟弟一聽著了慌，
一翻身就爬起來：
好！好！——好！
你們都別再吵，
我要做一個好孩子，
再也不懶惰！

給你寫一封信

今天是星期日
（不下雨，不颳風，頂好頂好響晴的天氣）
你一定一早就跑出去了，
跟你的同學們，
東跑西跑地去吵架罵人，
嘴裡胡亂地吃東西，
一看起連環圖畫就什麼都不管了，
把一套剛穿上身的衣裳又弄得髒髒的，
不是跌破了頭就是打腫了臉，

活像豬八戒那個怪樣子。

別老是不理我們罷，
親愛的好朋友，
不，我們親愛的小主人！
你該知道我們是多麼喜歡和你親近。

教科書在想著你，
筆記本在想著你，
我和刀片和橡皮不舒服地躺在文具盒裡，
也在想著你，想著你呀！

雖然在你發脾氣的時候，
動不動就把我們從桌子上摔下去

（教科書教你給弄破了衣裳，
筆記本讓你給撕得亂七八糟，
橡皮到現在還害著皮膚病，
我和刀片差一點沒給你捽斷了腰，）
雖然爸爸和媽媽罵你是壞孩子，
老師也說你是一個糟糕透頂的壞學生。

你別老是不理我們罷！
那管是用你那兩隻弄得又黑又髒的小手，
來親切地摸一摸我們也好。

教科書是聰明的好先生，
雖然他不會像連環圖畫那樣讓你喜歡，
但是他不會讓你在課堂上，

紅著臉翻白著眼睛答不出老師問你的問題；
我是一枝最好最好的鉛筆，
我跟筆記本和刀片和橡皮，
會熱心地幫助你做功課抄筆記。

你別老是不理我們罷！
親愛的好朋友，
不，我們親愛的小主人，
我們都在等著你，
在等著你。

毛毛是個好孩子

駕著太陽的金車，
打著雲彩的傘，
夏天先生到人間旅行來了。

來了，來了，
蟬兒第一個通知了可愛的孩子們。
來了，來了，
南風也跟著告訴了搖著扇子的芭蕉。
向日葵眞是個大傻瓜，

夏天就在他的身旁，
他還是每天向太陽問夏天的消息。
蜜蜂頑皮地飛到東又飛到西，
見著花朵就問一句：
「討厭的夏天又來了，
你知道不知道？」

喇叭花早就知道夏天從那兒來，
她塗得滿臉都是脂粉，
歡喜地爬出籬笆等著迎接他。
小荷花看著小魚兒高興地捉迷藏，
她躲在河邊只是靜靜地笑。
小草有月亮媽媽給他蓋上露珠的被，
就是再熱的晚上，

他也能安靜地睡。
青蛙們最怕熱，
一天到晚鼓起肚皮大聲地罵。

夏天先生是毛毛的好朋友：
在早晨，好孩子都醒了，
洗過臉就要到公園裡去散步，
夏天先生就讓小麻雀做使者，
輕輕地把她從遙遠的夢裡喚回來；
在晚上，燈火都睡了，
恐毛毛看著黑洞洞的屋子要害怕，
夏天先生就讓小蝙蝠做守衛，
飛來飛去地不離開她的家。

毛毛是個好孩子，
她有一套漂亮的小夏裝，
她有爸爸買給她的紙扇兒和紅瓤的冰西瓜，
有小貓小狗陪她玩，
還有很多很多的好朋友。
毛毛不怕天氣熱，
她永遠是那麼快活地遊戲，
那麼用心地讀書，
那麼大聲地唱歌。

附錄　懷念楊喚

論楊喚的詩

覃子豪

三月七日晚上，我得到楊喚被火車壓死的惡耗，整夜不能入睡；我思索著：上帝為什麼如此虐待天才？既在他年輕的心靈上蓋上重重的寂寞和痛苦的烙印，復又整個的攫取他燦爛的年華。我眞不相信：一個天才，一個善良的心靈，竟會有如此悲慘的結局。然而，事實卻無情地擺在面前，不容我存一點僥倖的幻想。一種痛惜的哀悼湧上我的心頭，使我時時刻刻的想到他：想到他的詩人氣質，想到他光輝的詩句，想到他沉默的面容和他憂鬱的表情，想到他上個禮拜二還在我的屋子裡，向我談及他的身世和他內心的哀愁，我竟淒然淚下。那天，他像有很多話要向我說，而我的忙碌，不能讓他盡興的談，我有著一個匆促的心情，送他出門；而他卻懷著一份惆悵回去。我再三要他下次再來，同我暢叙，誰能知道，他這一去，就永不再來了！雖則，我曾安慰他，勉勵他，要他擺脫一切煩惱，好好的寫些詩；然而，我心裡總是有一個不能彌補的遺憾。

楊喚是一個天才，我這樣說，也許會有人認為這是一句感情話；實則，我這句話是根據他的作品來說的。只有他那少數而精美的作品，能夠解釋我這句話的意義。

楊喚在臺灣最初發表詩，是在「新詩週刊」；發表最多而且最精彩的，也是在「新詩週刊」。其次散見《詩誌》、《現代詩》、「新生文藝」、「中央副刊」、「兒童週刊」等。

楊喚的詩可分兩類：一爲抒情詩，一爲童話詩。自然，抒情詩是他最出色的作品。讀他的抒情詩，我感覺有幾個特點：即是思想的暗示，充實的生活內容，戰鬥精神的表現，優美的風格。

一個詩人不能沒有思想。沒有思想的作品，只是情感的發洩，對人生自無價值可言。但是，我們的詩並不是完全爲表現思想而寫，像哲學論文似的直率地予以說明，而是無意的流露或潛在的暗示，而是將生活的認識與感受中所獲得的意念，在情緒的醞釀中，釀成蜜蜂的蜜散滿於詩的花朵。使讀者感覺詩中深刻的意義與不盡的情味。楊喚的詩就有這種特點。我們來看楊喚在詩裡流露出來的思想吧！

楊喚表現思想最顯著的詩是「詩的噴泉」。幾乎每一段裡，都有著楊喚思想的註腳，裡面有「騎驢到耶路撒冷去的聖者還沒有回來」的憤懣，有「你呀！熄了的火把，涸池裡的魚」的委屈，有「聽滾響的雷爲我報告晴朗的消息」的期待，有「我不是畫廊派的信徒」的諷刺，有「爲什麼，我還要睡在十字架的綠蔭裡乘涼」的警惕，有「梵諦崗的地窖裡囚不死我的信仰」的堅定，有「才知道我是被大海給遺棄了的貝殼」的哀愁，然而，也有「不疲憊的意志是向前的」的自勵。這些詩是如何地表現了時代和現實所給他的認識和感受。在〈檳榔樹〉裡，他鄙視拜金主義者，厭惡夜生活的貴婦。在〈鄉愁〉裡，他詛咒使他思想貧血的流行歌和霓虹燈。他愛田野，愛森林，他憧憬著「童話裡的王國」。因此，他感謝安徒生，安徒生使牧豬奴成爲一個戰士，而使他「從農場裡出來的醜小鴨」，「生出一對天鵝的翅膀」。在〈童話〉一詩，他讚美終日工作的蜜蜂，寧願擠在骯髒，擁擠的六角形工廠裡工作，「而不去用歌和吻去挑逗那些迷人的花朵，」是因爲：「那些沒有靈魂的花朵只有庸俗的美麗，」這蜜蜂就是楊喚自己的象徵。因此，楊喚說：「我是忙碌的」，「忙於搖醒火把」，「忙於擂動行進的鼓鈸」，「忙於採訪眞理的消息」，「忙於把生命的樹移植於戰鬥的叢林」，「忙於把發酵的血釀成愛的汁液」。這是詩人楊喚所喜愛的生活，也是詩人思想的躍動。而楊喚這些在詩裡閃耀著的思想，不是從書本中抄襲來的，是從有著憤懣、委屈、期待、哀愁、自勵和信仰堅定的現實生活中磨鍊出來的，是血所釀成的愛的汁液。楊喚的詩之所以不同一般作品，是在不矯揉造作，而是有著不得不寫出的深刻的苦痛。

楊喚的詩內容是豐富的，是屬於生活的詩，正如他自己在〈詩〉中所說：「詩，是不凋的花朵，但，必須植根於生活的土壤裡；」這看法是多麼正確；因而，他的詩的內容，完全是現實生活的內容，不是虛玄的瞑想，每一首都是由於生活的感受而發。

楊喚的詩富有戰鬥精神的表現，在自由中國寫戰鬥詩的，不乏其人，但他們所寫的都是標語口號，不是從心靈深處所呼喊出來鏗鏘的聲音，不是從現實生活中所壓榨出來的眞實的聲音。而楊喚在〈檳榔樹〉裡說：「我只要用燭火點亮我的山歌，直到我的歌聲引來那使她抬起頭來的日出。」這是積極的思想，這是戰鬥的另一表現。在〈詩人〉中，他說：「詩人的第一課，是要做一個愛者和戰士，」楊喚本來就是一個大兵，這不僅只是在形式上是一個大兵而已，而靈魂就是百分之百的戰士的靈魂，因爲他有一個向前的不疲憊的意志——戰士的意志。在〈號角·火把·投槍〉一詩中，他說：「決不流淚，決不投降，雖然被暴力劫奪了母親的土地，」仍要「像反抗暗夜的向日葵，我們永遠朝向眞理的太陽；」因此，在〈我歌唱〉中，他比喻自己是森林中的鍛鐵匠，「用仇恨捶打詩句，迸射著憤怒的火花」，「我鄙棄瘖啞地哭泣著流浪的手風琴，我熱戀著我的槍」。這些詩，都是楊喚戰鬥精神的具體表現。楊喚詩裡的戰鬥氣息，給予讀者的是一種自然的呼吸，爲讀者共同的需要，而不是無生命的標語口號。

最值得讚美的，應該是楊喚作品中優美的風格罷。他表現思想，而不故弄玄虛，表現意識，而不流於枯燥無味的說教，他表現戰鬥情緒，不是迎合，是自己心靈的需要。他的詩，格調新鮮，但不歐化；音節諧和，但不陳舊。其形象生動，比喻深刻：在〈鄉愁〉中的「高粱的珍珠，玉蜀黍的寶石」，「老榆樹上的金幣」，在〈檳榔樹〉中「星的金耳環，月的銀梳」，在〈二十四歲〉中，以白色小馬比喩其健壯，以綠髮的樹比喩其青春正茂，以微笑的果實比喻其豐盛的情感，以海燕的翅膀比喻其活潑。而「小馬被飼以有毒的荊棘，樹被施以無情的斧斤，果實被害於昆蟲的口器，海燕被射落在泥沼裡。」詩人楊喚所遭受的痛苦全被這四行詩深刻的表現出來。詩人喟嘆：「Y・H！你在哪裡？」是必然的。這些形象和比喻，就是詩人楊喚天才的表現，令讀者驚嘆。

楊喚的才華在「詩的噴泉」裡，尤其顯著，在這一輯詩裡，他不僅表現了他不屈的意志，雄渾的氣魄，超人的思想，而且在每一行詩裡都閃爍著智慧。在「詩的噴泉」裡，幾乎每一首詩，都用了一個典故，從詩的樸素美來說，這些典故，無形的成了詩的裝飾；然而，若從詩人思想的出發點來看，這正是他的特色。這些典故，都有一個不平凡的故事，楊喚引用這些典故，是爲顯示這些故事中存在的眞理。這些典故，不僅未減少詩的自然性，卻推進了詩人眞實的情感。

在「詩的噴泉」裡，有許多詩句，都是不同凡響，沒有天才是寫不出來的，在思想和技巧方面沒有修養，也是寫不出來的。如：「壁上的米勒的晚鐘被我的沉默敲響了」之「沉默」二字，用得多麼出色。「每一顆銀亮的雨點是一個跳動的字，那狂燃起來的閃電是一行行動人的標題。」這種寫法，多麼生動奇特，這些就是創造。在自由中國詩壇上，楊喚是一個最富創造性的詩人，他把握了眞正的詩的本質，創造出了屬於他自己的優美的風格，留下了這些不朽的光輝的詩句。

楊喚的童話詩，和他的抒情詩一樣，有新鮮的內容，獨創的格調，不是陳腔濫調的兒歌，是培育兒童心靈的新鮮的讀物。

楊喚是天才，然而，他死了，死得這樣年青，今年才二十五歲，誰又能知道他去年所寫的〈二十四歲〉一詩，正是他自己死亡的預言呢？

他以如此燦爛的才華，而短命死去，這是自由中國詩壇的損失，是我們失去了一個優秀的伙伴。使我們稍能安慰的，是楊喚全部遺作的出版。正如楊喚所說：

詩，是一隻能言鳥，
要能唱出永遠活在人們心裡的聲音。

楊喚雖死，他的詩將活在讀者的心中，永恆不朽。

楊喚的生平

葉　泥

西塞羅在他的散文集論老年裡曾說過：「人老而死，還有什麼比這更自然？但是同樣的命運也會降到青年身上，雖然這是極與自然抵觸的。所以一個青年的死時常使我想起烈火被巨浪撲滅。而老年人的死，則不是藉外力的自行消滅，因爲燃料枯竭了。恰如蘋果青時從樹上摘下來是費事的，但是熟了自然落地。所以死對青年人是暴奪……」我們的青年詩人楊喚，就如一隻被摘取了的青蘋果。

他宛如一道絢爛的彩虹，閃耀在壯麗的長空，雖然剎那間即消逝了。然而，他的才華與熱情永遠不朽，而深深地刻留在人們的心底。彷彿天才的詩人都是短命的，如普式庚、拜倫、雪萊、濟慈……。而天才的楊喚亦不幸是夭亡的。他的夭亡，使我們有著加倍的哀慟與惋惜，這不僅是因爲他的年青，還有一個更甚的理由：因爲他是自由中國的詩人，他的死也是自由中國詩壇上的一大損失啊！這個嚴重的損失，是我的，也是你的。

「聰明的人都是短命的，好人也都是短命的。」十天前，當楊喚讀完了鶴見祐輔著的拜倫傳後，曾不勝感慨系之地這樣說過。在十天後（三月七日）這位聰敏穎悟的青年詩人，居然也被「暴奪」了。這有著小白馬般的年齡的詩人！

楊喚是天才，也是「好人」。他十天前所說的話，就好像已給自己作了不幸的預言！遼東灣的沿岸，依偎著有無數的小島。在廿四年前的九月七日，我們的天才詩人就降生於這些小島中的菊花島上（遼寧省興城縣屬）。朝暮地看著那海水波浪的起伏，而孕育成了他之思野的遼闊，以及他那澎湃沸騰的熱情。

襁褓中失卻了母親，再加上命運的乖舛，而使他的個性變成了孤僻，讓他的日子永遠蒼白而憂鬱（他的筆名之一的白鬱，即出乎此）。母親所留下來的惟一的愛撫，只是一條俄國毯子。這條墨綠色的毯子是他身後惟一的財產，也是他連一夕也從未離過的物件。他珍視它如自己的生命，也是他帶向天國去的殉葬品。

父親終日爲了一家的生活東奔西走，也是個花天酒地的人，從來就沒有在孩子身上用過絲毫的心思。所眞正疼愛他的只有年邁龍鍾的祖父和祖母，而他的祖父卻又患著遺傳性的癱瘓病，長年地躺在炕上。祖母既要服侍病人，又要操持家務，難怪他說自己是在哭聲中長大的了。

從菊花島上把家搬移到對岸的沙後所後，家裡的環境和他的命運同樣地走著下坡路。祖父母相繼地逝去，而他又落入了繼母的手裡，從此遭遇了和「小白菜」同樣的命運。生長在這樣的一個環境裡，既沒有親人的疼愛，更沒有受到良好的家庭敎育，和野地裡的小草一樣地自生自長著。

繼母所施予他的，和一般想不開的繼母是沒有兩樣的，甚或過之。尤其在繼母給他生了兩個妹妹之後。他整天地穿著一身極不合身而又骯髒得不能再窩囊的衣服，和拖著一雙不跟腳的破鞋。生活上的一切都是自己照管自己。襪子露著腳後跟，褲子打著傘，鼻涕也是經常過河的。除非親友鄰居們實在看不過去的時候，才喊他去光著身子躺在被子裡，而爲他洗一洗身上的衣服。但是這樣回家以後，繼母的一頓毒打是逃不過的。因爲繼母不說是自己不照管孩子，而說孩子自己不會裝扮自己，敎別人看著好像繼母厲害前母生的孩子。即便是在過年的時候，他也是只有眼巴巴地看著別的孩子們，自己是難得有一件新衣上得身的。他更因爲自己衣衫的襤褸，而不敢和那些在陽光下比衣裳的孩子們一齊玩耍。他從小的確就是以痛苦做食糧，被眼淚給餵養大的。

他小學畢業後，考取了初級農業職業學校牧畜科。因之逃出了繼母的勢力範圍，才算自由自在了些。除去了堂弟楊信的同情外，更獲得了友情的溫暖，也開始了寫作的生涯。

他最要好的小伙伴們，有我亞，和劉騷、劉妍兄妹。他和我亞，劉騷曾揷香盟誓結拜爲結義弟兄，而他是在這些伙伴中最突出的一個，同時也是他們的大哥。他們對他都非常地崇拜而尊敬，就是他們的母親也對他如對自己的兒女一樣地疼愛。惟有這一段時期，他才眞正地過著了一點幸福的日子。他們散步、讀書、繪畫、寫作都在一起，也曾以將來成爲「作家」相期許。

那時正是僞滿時期，而不能自由地吸收祖國的文化。一些「建設新滿洲」，「建設大東亞」的口號，更不能滿足他們對於知識方面的渴求。他認爲這是較之他那苦難的童年還更不幸的。

劉妍，是劉騷的妹妹，也是愛他而又爲他所愛的一個女孩子。是他的小愛人，也是對他的寫作上鼓勵最力的一個。因爲她們以後把家搬到邊城的開原去而分離過一個時期，他也曾到開原去做過一次客。就在那次分別的時候，這對天眞的羅密歐與朱麗葉，密訂下了海誓山盟。其實在這之前，她的母親對於女兒的事情即已屬意於這位天才的詩人了。

當他和她離開的這一段時期是時有書信往還的，不僅是書信，並且還有不少的詩篇，如詩束靈泉集等。幾乎每次的信裡都有，且不止於詩。這時恐怕是他一生中的多產時期，他這時還在學校裡編級刊及詩刊，並投稿於東北各報章雜誌，而已成爲一位知名的詩人。

日後，他把劉妍所給他的一些書簡裝訂成册，他自己爲它畫了張精美的封面，並題名爲《白鳥之歌》，把劉騷的書簡集的封面題爲《塞外草》，他都一直地攜在身邊。

卅六年，他畢業了，他的父親也在這年病故。他乃決心離開那冰雪凝寒的北方。

抗戰勝利之後，他的二伯父——楊楓還鄉了。在他，這是一個莫大的喜訊。卅六年的夏天，隨著他的二伯父辭別了他那從小就未離開過的生長的故鄉，辭別了他的小戀人而南下了。先在天津住了個短時期，不久，又至青島。

在青島《青報》供職的一段時期，也是頗爲愜意的，他的職務是工作於新聞邊沿的校對。由於吃力的工作和勤奮地苦讀自修，而傷害了他的眼睛——近視且患有角膜炎。這是他一生中最大的不幸。卅七年的春天，他升任了副刊編輯，可是他的年齡還不滿二十整歲。那時，他認識了不少寫作的朋友和作家，同時他也寫出了不少美好的作品，大都是發表在當地和外埠的報刊上。所用的筆名是羊角，楊白鬱，羊牧邊，路加。同時，由青島文藝社出版了他的第一部詩集。

烽火即將蔓延到了青島之前，《青報》解散了。他拿到了六個月的遣散費，他並沒有因爲失業了而擔心到日後的生活和職業的問題，相反地卻有著說不出的高興，因爲他的手裡從來就沒有拿過這麼多的錢。當時他也並沒有把錢儲蓄起來或買點東西囤積起來，卻把全部的錢買了兩大竹箱（實係籐條箱——歸人謹註）珍本的文學名著。而他的身上，依然衣衫襤褸如故。

住在伯父家裡，伯父家的孩子們把他擾亂得連一刻也不能安靜，並且還時時地鬧氣。加之時局日漸緊張，於是他又起了走的念頭。

伯父把他託付給伯父的一位朋友帶著他遠走廈門，在他是如脫離了牢獄，在他伯父則是出於實不得已。

在同船中有一位王老太太，待他一如劉妍的母親。他伏在甲板的欄杆上望著茫茫的大海，他想起了劉老太太，和他自己的母親，以及自己所遭遇到的一切。每當他回憶及當時的情緒時，他常說：「那種滋味兒我眞不知道是怎麼挨過去的！」

在廈門一時找不到職業，因而時時地挨著那位朋友的太太的白眼。在動蕩的時局下，他有著說不出的委屈。他整天地在街上遊蕩，情願餓著肚子少吃一頓飯，也不願回到朋友的家裡去挨白眼。

他終於找到職業了。在他準備和那位朋友說明要到電影隊裡去當兵而要辭行的時候，那位朋友再三地挽留他。無奈他已下了最大的決心，那位朋友只好把他的房門下了鎖，把他鎖在屋子裡，而不忍讓他去低就士兵的職位。

他一直地挨到夜裡，到了夜闌人靜的時候，他先從樓上用繩子繫下了書箱和行李，然後又冒險地繫下了自己，他頭也不回地，抱著一顆傷透了的心走了。

他走了，可是他並沒有逃脫了災難的羈絆。

他到了電影隊裡以後不久，竟生了一身疥瘡，遍身的膿疱疥。幸而當地有一位好心的李老太太爲他設法醫治和看護，李家幾乎就成了自己的家，甚至比自己的家裡還有著百千倍的溫暖。

李老太太從早就守寡，有三個女兒，兩個大的都已出嫁，最小的還在讀書。他們的感情非常融洽。晚上他回到隊裡去睡覺，白天吃喝都在李家，除了給老太太講一些北方的冰天雪地的故事外，還給小妹妹補習功課。他彷彿回到了自己的家裡重獲得了母愛，老太太也彷彿又多了個兒子。

漸漸地，從鄰居們的女人嘴中他得悉了李老太太要招他入贅的消息，小妹妹對他的態度也有些忸怩，他感到非常困惑。有一天，李老太太終於當面對他提起了這件事情，雖然經他婉言拒絕了，可是他也感覺著李老太太對他的一番恩情無法報答，唯一不使老太太失望的辦法就是拜老太太爲義母。老太太答應了，並且爲他起了個名字叫做李天興。嫁到城裡的二姐，還特地回到娘家看望了一下這新收的小弟弟。

在他生疥瘡厲害得不能動步的時候，老太太把他接到了家裡去。就在這時，電影隊把他開了缺而開拔了。

當他疥瘡完全好了以後，他沒有接受老太太的勸解，又考入了部隊充上等兵。卅八年的春天，隨著部隊到了臺灣。

他常說：「我一輩子都是受女人的氣，可是除了劉、王、李三位老太太之外。我所沒有享到的母愛，都由她們爲我彌補上了。等到回大陸後一定還要到廈門去一趟，假若我乾媽還健在的話，我要侍候到她的天年。」

來臺以後，他由上等兵逐次地擢升爲上士文書，生活逐漸地也安定了。他斷斷續續地曾寫下了不少綺麗的童話詩，大都以金馬的筆名發表於《中央日報》的「兒童週刊」上。另外還以其他的筆名，在《野風》和其他的雜誌上發表了不少的短詩。

有人問他的筆名爲什麼叫金馬呢？他回答說：「金馬才能配金鈴啊！」原來劉妍也是寫詩的，她的筆名就是金鈴，這是楊喚送給她的。

他的童話詩雖然有著絕大的成就，但他依然是默默無名的，以後也是如此。因爲那時根本就沒有人注意到兒童文學。

他曾準備出油印詩刊，封面都印好了，是套色的。可是並沒有出成，那時在臺灣還沒有任何詩刊出版。

他的職務是辦壁報，他的天才常得到人們的驚服。鋼版字寫得好，畫得更好。可是有一次他的書生脾氣犯了，因爲和政治主任鬧意見而關了一個禮拜的禁閉。

一座寶庫：省立圖書館被他發現了，他成了那裡的座上客。一有工夫他總是跑到那裡去，一些文學名著被他啃了不少。

四十年的初春，由於一位朋友對我提起了他，和對他也提起了我，並沒有經過介紹我們就相識了。因爲在沒有來臺以前，我們已互相地熟悉了對方的名字。我依然記得很清楚，當我們初次通了電話後，他馬上就那麼熱情地跑到辦公室裡來看我。我們都有著極高度的興奮，彷彿久離的舊友在這裡又重逢了。相識的那天，也就是我們最美好的日子的開始，而使人永遠難以忘卻！

相識後兩天的星期日，他如約地到青島東路的寓所裡去找我，事先我準備了一些酒肴。那天我們談得很多，也喝了很多的酒，可是都沒有醉。

兩個月以後，他也調到了我們的單位裡來。從此我們生活在一起，工作在一起，讀書、散步、寫作都在一起。我翻譯童話，他寫童話詩。我的翻譯童話都是由於他的督促，他說：「我們應當多給孩子們流點汗，多寫點有營養的東西。」《中央日報》的「兒童週刊」上，每期幾乎都有他的東西發表。另外，他訂了兩個專用於寫詩的本子，並且畫好了封面，兩個人各分一本。他的是風景，我的是列車。在列車的扉頁上他還題了一首詩——〈贈禮〉——送給我。

四月，我把李莎兄介紹了給他。之後，我們常到李莎兄那裡去，也有時他一個人去，兩個人談得高興起來，他是時常會忘記回來的。這時李莎兄正在編《新詩》，楊喚的〈詩簡〉等作品都是這段時期寫出的。

詩人節的詩歌朗誦晚會上，他又認識了詩人紀弦和季薇。

出油印詩刊的夢想，他並無時或忘，好像有一股力量時時刻刻地在慫恿著他。炎虐的中午他犧牲了午睡，又在畫詩刊的封面了。詩刊的名字命爲《詩布穀》，詩稿也已集齊。他刻蠟紙，由我油印。等到印了一半的時候，我們不得不停止我們的工作了，因爲紙張費發生了問題，又告吹了。從那個月起，我們都每個月買兩張愛國獎券。我們計畫著不但出兒童刊物，詩刊，婦女讀物等七八種刊物，還要籌辦書店，文藝沙龍。只要特獎落在我們頭上，這些計畫就可馬上實現。這樣的想法看起來似乎有些天眞，實際上我們是非常地認眞的。

四十一年的夏天，歸人兄從澎湖來，他們兩個老朋友把晤之後使他相當地愉快，一種愜意的微笑，每天都離不開他的嘴角。他的情緒的確好的不能再好，他也寫出了不少的好詩，都發表在《新詩》和《現代詩》上。

我所知道的是楊喚的詩好，抒情畫好，散文尤其好。他常以畫一些抒情畫來做消遣，不過，他是隨畫隨撕，他從不稀罕地留一張。我只有撿他丟掉的偷偷地留起來，如果他發覺出的話，必定搶過去撕掉。他曾寫過一篇他認爲較爲滿意的散文，那是由於抑制不住自己的濃重的鄉愁而寫的。過後他寄給了一家報紙的副刊，然而始終沒有刊出，日後才知道那家報紙的副刊編輯是只認「名」而不看內容的。此後再也沒有見到他寫過一篇散文。他還有一篇童話〈山羊咩偵探〉，自己並配了插圖，可是也未完成。

有一次，他要我多給他點鼓勵，他準備寫一篇中篇小說。以後因爲他的情緒漸趨低落，那篇中篇小說竟然胎死腹中。我也有時勸他寫點理論或者詩評，他常是只搖搖頭，一句不答。

我們談得很多，有時他是滔滔不絕，無止無休，而一直談至夜深。新公園，淡水河畔，都是我們常去的地方。有一次我們談得過於晚了而累得他又坐了一次禁閉室，翌日早晨我才曉得。當我給他送大餅油條去的時候，他和同坐禁閉的人們正談得開心。放他出來的時候，他還不願出來。過後他對我說：「假若每天有大餅油條和香煙吃的話，我倒樂意多嘗一下鐵窗的滋味兒！」他好像無論對任何事物都有著無限的興趣。

他最大的嗜好就是吃香煙，不分好劣，只要是有就吃，隔不了二十分鐘就是一支。可是窮得連一包「香蕉」也買不起的時候，他也能夠忍上半天。再次就是喜歡看電影、讀書、散步、和唱歌了。他對華德狄斯耐的卡通片尤其喜歡，一部愛看的片子常是看四、五次的。他讀書的胃口相當的好，讀得多，消化得也快。一天的時間，大都消耗在讀書上。讀的範圍包括了文學、史地、自然科學、社會科學、哲學、論理學、甚至大部頭的昆蟲學，幾乎無書不讀，而讀後都差不多作有讀書筆記。他常對朋友們說：「不要問某本書能給你多少知識，先要問你在某本書裡能吸收多少知識。」他是我們辦公室裡的博士，秘書的秘書，我們都喊他爲「活辭源」。

他愛唱歌，除了辦公以外他走到那裡就唱到那裡。有時也吹口哨，那也是他最高興的時候了。小孩子和小動物也是他所最喜愛的。

他的自卑感非常地重，怕見生朋友，在女人的面前尤其靦覥。他雖然和詩人紀弦、覃子豪等都有著最好的友誼，但很少到他們那裡去。他常和戰士們在一起，他說：「丘八和丘八在一起，絲毫用不著拘束。」他最討厭打綁腿了，他的綁腿也從沒打好過。

最使人驚奇的莫過於他的記憶力和思維力了。任何一個朋友的通信地址他都記得很清楚，而用不著記在記事簿上。

對於自己的作品他是最不重視的，寫完了就丟了。所以，散失的比發表的作品還要多，寄出的稿子也從不留底稿。四十年的秋天，在他過生日的時候，我曾把日常從報刊上剪下來的他的作品貼成一本送給他，他雖然很受感動，而卻說：「你眞傻瓜！這些東西根本就值不得費這些事的！」

他曾驚服於一個女孩子的寫詩的天才，因此他也常常警惕自己，甚而有些苦惱著。這是四十二年下半年的事情，從那時起，他很少寫東西。

今年的春天裡，他一直過著落莫的日子。心情時好時壞，常是一個人抱著一些哲學的書籍在讀。雖然每天也談笑自若而異於往日，但他的內心裡卻覆上了一層憂悒的網子，尤其是在二月中下旬的時候。安徒生傳在本市上演了，他又恢復了往日那種愉快的心情，並且和我說：「什麼都不去想，還是多讀點書好，你看著！」說完後好像若有所思。我望著他那皙白的胖臉，他的話並沒有鬆寬了我的心，反而更使我感到有一種莫名的沉重的心情！

三月四日，他還給了我五塊他不久以前借去買眼藥的錢。我們從未分過彼此。他堅持著要我收下，我很痛苦。翌日，他極有興致地對我說：「我今天請你看安徒生傳，我已經看過了，值得看一下。我還沒請過你呢！」我知道他沒有錢，把昨天還給了我的五塊錢又給了他。下午，電影沒看成，他把錢又還給了我。

五日的上午，他睡了一上午。下午他整理了一下午的抽屜。燒了很多的亂紙。裡面包括有一些朋友們給他的信，他的半本日記，還有一些寫成的未寫成的稿件。我看了看他整理得特別乾淨而又整齊的抽屜，我眞地以爲他將從憂悒的泥沼裡拔出腳來，而痛下決心地下一番工夫了。他的抽屜向來亂得就像一隻破爛的字紙簍似的。

六日的早晨，他的心情確實是好了許多。他坐在我的桌子角上，我遞給了他一支煙。他告訴我說有一位朋友明天就要結婚了，明天他不定去不去。他在辦公室裡繞了會兒，和小孩子一樣地跳著走了。

下午上辦公室後，他坐在自己的位子上用鋼筆畫了不計其數的青蛙、烏龜、熱帶魚。我看到了他那滿佈著灰色的臉，灰得有些怕人。於是，我跑過去低聲地問他是否不舒服？他搖了搖頭。再問他是否情緒不好？他又搖了搖頭。我再問他，他連理也不理了。

當天晚上他睡得很晚，和一位同居的朋友一直談到下半夜才睡：談的是他童年時的一些往事。

三月七日禮拜天。他起得很早，在公園裡散完了步，邊唱邊跳地到了辦公室裡。他向同事們要想找一張勞軍的電影票，誰也沒給他。有人拿出錢來借給他，讓他到北投去參加朋友的婚禮，他看了看窗外正落著霏霏的細雨，他決定不去了。在辦公室裡繞了個圈子，他走了。

出了介壽館的後門，他無目的地向北走著。遇到了一個同事，把兩張電影票分給了他一張，他極其敏捷地行了個舉手禮。那位同事，還沒來得及還禮，而他卻向著西門町的路上一陣風似地走了。

平交道上的柵欄放下了，鈴也在不停地響著，一群行人都截在鐵路的東邊，裡面也有楊喚。一列南下的火車馳過去了，可是柵欄還沒有收起，有幾個等不及的軍人便跑過了鐵軌。楊喚也等不及了，連向兩邊看也沒看一眼，拔腳就跑。一位太太沒抓得住他。北上的客車已臨眼前。在楊喚剛跑到第二條鐵軌的時候，腳下一滑，冷不防平交道的木板與鐵軌間的隙縫嵌住了他的腳，而跌倒在鐵軌上。正在這千鈞一髮的時候，兩邊的行人都撕破了喉嚨地喊著：「爬！快爬！」可是在他還沒來得及爬的時候，那無情的鐵輪已從他的兩條大腿上滾了過去。等到列車馳過的時候，他已死去，其狀至慘。時間是三月七日上午八時四十分。他享年不滿二十五歲。凡是知道他和認識他的人，無不爲之同聲一哭。

憶詩人楊喚

歸人

三月十日的上午，我接到楊喚逝世的消息，這突然來臨的噩耗，把我擲入迷惘的深淵裡。「這會是眞的嗎？」我一直這樣的自問，想假定是這位朋友的錯寫而非事實。但我反來覆去的仔細看了幾遍報告凶耗的書簡時，終於不能再自己騙自己了，楊喚是眞的去世了！

「楊喚是天才，他有天賦的詩人的氣質。」我總是向我所深識的朋友這樣讚佩他。的確，在我所接觸過的文藝工作者之中，像他的才氣的，還沒有第二個人。

所謂天才，一如世人之所謂怪傑一樣，即是他能在任何惡劣的環境之下，完成他的輝煌的工程。他是創始者，而非模仿者；他是開拓者，而非守成者；他是全能者，而非偏一者。在詩的王國中，楊喚便是屬於前者的人物。

生長於東北海濱的小城的楊喚，僅僅讀了二年僞滿時代下的初級農業職業學校；抗戰勝利以後，又續上了一年畢業，便和學校永別了。但以這樣稚齡且又不能自由的吸收祖國文化（尤其是文學）的楊喚，在光復以後的東北報刊上，已經成爲一個卓越的作家了。

正如楊喚在給我的信中所寫：「我曾這樣譬喻過我的寂寞，我說：我像一個流落在荒島上的水手，面對著向晚的天邊，海鷗棲息了，游魚潛沉了，滿眼是海水、浪花，滿耳是風聲和濤聲……。」由於童年的遭際，使他永遠帶有一種憂鬱黯然的性格。他說：「我摩撫唇上的黑髭，我這曾經被虐待被折磨過的小白菜，不禁對著窗外的晴天微笑了。我笑我那萎謝的童年，我笑我那些童年裡的苦難，雖然我笑得很悽然。」

大約是在卅五年的冬天，他告別了東北的故鄉，一個人浪流到青島。在青島，經他的伯父的介紹到青報社當一名校對。翌年（卅七年）春天，報社的副刊編輯因病請假，他暫接替了一個時期，成績甚著，當即升爲副刊的編輯。其時他還不滿二十整歲。

這一個時期，大概便是他一生中最快樂的一段了。那年金元劵剛改革，報社又補發薪水；別的同事把錢買了洋麵與黃金囤了起來，而楊喚卻把全部的薪水，一次買了兩個大柳條箱的文學名著，這些書大部爲當時的珍本，爲坊間少有的書刊。

因爲他的童年是萎謝的，是悽慘的，所以，他對於童年的向往，常寄以美麗的夢想。這促使他在童話詩及童話的寫作上，有了絕大的成就。卅九年的春天，我給他的信中，曾說他不是孩子，爲什麼專寫這些兒童詩呢？他回信說道：「你說我不是孩子，應該寫些給大人看的東西，這話也對，但你又怎麼知道我這一顆向往於童年的心呢？孩子是天眞無邪的，童年的王國在記憶裡永遠是有著絢燦美麗的顏色的。……兒童詩，我還想再寫下去，因爲我想從裡面找還一些溫暖。」

但他的所以致力於兒童詩，還有更大的理由，即是他在四十年十一月間給我的信中所說：「你知道，兒童文藝在中國是最弱的一環，雖然目前兒童讀物多如春筍，嚴格的說來又有幾種合格的呢！較之英、美、日本，可謂少得可憐又可憐。我不敢說我的兒童詩寫得怎麼好，但是在這裡就沒有人肯花工夫去給孩子們寫東西。你想，一般成了名的或出了名的，或不成名也不出名的都想用大塊文章去換錢得獎金，有誰肯花了大半天的氣力，去換兩包香煙錢呢！……你知道，群衆是最好的考驗，孩子們也有他們的鑑賞力的。」

那一年，他屢次與我談到要辦兒童刊物的意思，可是大家都是一文不名而作罷。同時，我尤感到自己的淺見與無識，對如此重要的兒童文學，竟毫無所知！不是嗎？在中國，我們很少見到寫兒童文學的朋友，我們的兒童文學始終是一片荒蕪的田地。我相信，假如假楊喚以十年的時光，在兒童文學上，他必可為中國奠下一點基礎的！

兒童詩，它需要美麗的思想，以及美麗的形式，試看他的〈眼睛〉，像這一類的兒童詩，是多麼美麗而可愛啊！

民國四十一年的夏天，我還旅居在澎湖那個風沙的島上，四月末，我給他去信，說要北上把晤，但後來因故未果，他表示十分的失望，五月廿八日的信中，他向我說：「我記得曾經不止一次的和你說過，我說：友情，愛情與詩是我生命的三個扶手，但在今天，我無緣於那味苦也味甜的愛情，對文學的故鄉，我做了詩的浪子，我常常做不安的游離，到現在只剩下朋友了，就是朋友吧，卻也偏偏都隔得遠遠地，縱令我能馳飛想念，在這樣心境下，寫封信也總是痛苦的……」同年四月十日的來信中則說：

「康稔（他送我的一個名字）：每次我都是寫給你我是怎樣憂鬱和感傷，慚愧的是不能把少年的快樂分給你，像雲雀飛到綠色的窗前，像星星鑲上夜的藍色的天體。唉，你還是快來吧，在這難堪的寂寞裡，我需要人了解和友情，我懷想著你，就是和你在一塊散散步，晒晒太陽也是好的。」而四月一日的來書中又說：

「在朋友群中，讓我異常懷想的就是和我『相逢離亂裡，便共畢生情』的你。」

那年七月，我終於離開澎湖，北上把晤，相見的歡樂是無法形容的。其時，我住在師範學院的朋友處，每天他下班後，總來找我。記得有一次我們到植物園散步閑談，竟到午夜以後的兩點多鐘，方才回去。往事如煙，如今已經幽冥永隔了！楊喚啊，楊喚！你的故人在呼喚你呢！你可聽到了嗎？

那一次的見面，我發覺他蒼老多了；不滿廿二足歲的他，已經參雜了若干白髮。想起卅八年的夏天我們初度相晤時的情景，不禁感慨萬千。後來，他給我寫信時說：「你非常驚異於我的蒼老，你以爲我應該一如我之年齡般的年青。但你爲什麼不問一問我何以如此的呢？雖然在上一封信裡我說我並沒有受到這絲毫的傷害，但在今天想來，我覺得我的確有一種難以言說的沉痛和淒惶。」

那些日子裡，他的生活是寂寞而枯燥的，也很少寫什麼東西。如他給我的信中所說：「憂鬱和寂寞，從童年糾纏我到現在，是以我的日子裡，很少有著絢麗璀燦的顏色，不是深灰，就是蒼白。我要的是薔薇和玫瑰，但有毒刺的荊棘偏偏要向我投擲過來……。」

大概讀過他的童話詩的人，便以爲他是一個擅長兒童詩的人，而讀過他的質樸的風格的詩的人，便以爲他是擅長那一個風格的詩人。其實，天才卓越的楊喚，是各方面都能登峰造極的作家。卅九年二月一日信中，他寫給我一首詩：

黃昏的嶺上
有老人和他的駱駝走過。
摘下駝鈴
卸下琴弦
他說：怕年青人惹寂寞。

這一章詩，簡單樸素，其意象之美，是我每一誦來，便覺「餘香滿口」的，有思索不盡的況味。三月十六日的來信中，他又寫給我一首詩：

是誰讓我走進玩具店
（想買一份禮物給我愛的孩子嗎？
可是她不在我的身邊。）
看璀璨的燈火，我有些黯然
一聲嘆息，一聲祝福
都是我獻給妳最美麗的花環
風裡雨裡
我有不盡的懷戀……

這首詩是懷念他的童年戀人劉金鈴小姐所寫的。劉小姐是他上農職時代的一個同學的妹妹。據他說，她是既聰明而又美麗的。在他們臨別的前夕，這兩位天才的小情人，還訂了海誓山盟的密約。

七月廿四日，他送給我一首詩，題名為〈朗誦給康稔聽〉：

康稔！面對著嘶喊的海

你該看一看
　那從浪花裡飛起來的海燕
你該看一看
　那從港口裡揚帆的遠行船

你也該張開翅膀飛起來呀
飛起來　飛起來
飛近春天的窗口
你也該揚帆出發呀
前進呀　前進呀
駛近春天的堤岸

不要看他祇能寫美麗的夢想以及柔情的懷念，如〈垂滅的星〉便是他的狂暴的激怒，這詩表現出他的嚴重的悽楚，哀怨，也表現出他有著如何的憤怒！

對於詩，他鄙夷徐志摩，劉大白等浮華，纖弱的風格，可是，他又不屑於臧克家等人的叫囂與做作。對「詩」的看法，他是一個最嚴肅的信徒，最能犧牲的戰士，試讀他的〈詩人〉

一章便知道了。

去年元月，我離開了澎湖，轉到宜蘭工作，我們見面的機會比較多了。然而他仍然寂寞的很。十一月二日他來信說：「窗外細雨如簾，思及前此曾在雨天爲你作書之心情，不禁廢然良久。昨日如夢，明日何如？」又說：「讀過幾部左拉的書，它們更使我痛苦；在看過小飛俠《彼得潘》之後，我幾乎想哭了。」十一月廿一日，他到宜蘭看我，在我那裡住了兩天。我們談的很多，然而，總覺得有些不似往日，如今回想起來，這竟是天不假年的預兆嗎？……

那一天晚上，風雨淒迷，愁人得很。我把一位寫詩的朋友的信拿給他看，請他批評批評。於是，他立刻要了紙筆，回了這位朋友一封信，他說：「對於詩，坦白地說：我是從來也沒有眞正的理解過，雖然經過幾年的摸索，但只能說是冒瀆了繆斯，睜著眼睛頻發夢囈。今後我將不敢再提筆了，將永遠不提筆以贖前罪，請相信我，這絕不是說著好玩的。」他又說：「我也希望你不再寫詩，這是我曾經和守誠說過多少次的；請不要誤會，千萬的！這並不是（絕不）說你不配寫詩，而是『詩』足以害了你。何故？曰：當詩的賦有『魔性』的花朵在筆下綻開了的時候，你必須『輸血』來灌溉它，以『肉』來培植它，結果，你的靈魂將迷失於空想之美的境界裡，而你的軀體呢，則被無情的交給現實之鞭箠和荊棘，這痛苦是難於想像的。」

後面一段話，是他時常勸告我的，也即是楊喚對詩的一種態度的說明。他寫詩，從來未以草率出之，總是帶有信徒的皈依上帝一樣的虔敬與嚴肅！爲了「詩」，他「被無情的交給現實之鞭箠和荆棘」。而且自從去年十一月以來，他竟眞的不再寫詩了。他說：這是「以贖前罪」的表示。

寫詩的朋友都知道楊喚是位天才的詩人，其實，他是無論那一方面都有才氣的作家。他的散文（雖然發表的不多）更有一種獨到的風格；便是從近數十年來的新舊作家群中，也找不出如他所寫的那種特異的才華。他的文章悲愴而不流於頹廢，幽怨而不流於陰黯，憤怒而不流於叫鬧。雖是平凡的字句，但一經他的變化，便會成爲卓絕動人的詞藻。關於這一點，目今我正搜集他生前的所有書札，打算印行一本《楊喚書簡》，公諸於世，以紀念故友的夭亡。而他的詩集，現在也正由紀弦、覃子豪諸先生進行整理，即將付印了。

在他生前，我常常這樣的給他說：「在文學的王國中，你是最大的富翁，最智慧的寵臣；然而，在人生的大道上，你卻是一位最命蹇的敗兵。」王國維說：「社會上之習慣，殺許多之善人；文學上之習慣，殺許多之天才。」以之概括楊喚的生平，是再確切不過了。生前的他，除了幾個寫詩和深識的朋友瞭解他外，在文壇上，他僅有籍籍名（甚至籍籍名也沒有的）！而生活的窘困，尤其可憐，常常爲了一包「紅樂園」而發愁，一張公共汽車票的錢而作難。

我已經說過，他是無論在任何方面，都是才氣橫溢的作家。他寫過愛情的詩篇，但那是出乎他的最深刻的戀念，而非一些風流才子的夢語；他寫過憤怒的詩歌，然而那決不是狹義的恨惡，而是對醜惡的勇敢挑戰！在前舉的幾章詩裡，我們可以嗅出他有怎樣悠遠的愛戀，以及怎樣深沉的憎恨！

他每次來看我的時候，我總是到車站去接他；離別的時候，再送他到車站。最後——去年十一月廿三日那次他離開宜蘭時，我臨時因事未妥，沒有去送他。誰知這竟是我們的最後一面呢？設知如此，便是千山萬水，我也要伴他一程啊！

去年秋天，有幾位朋友要爲我出版散文集，當時我曾告訴楊喚，請他爲我作一篇「後記」，他笑著答應了。誰能知道呢？他等不及爲我寫「後記」，我卻來寫紀念他的文章了！白雲蒼狗，世事變得太快，也太可哀了！楊喚啊，楊喚。死而有靈，讓我們夢中一敘別情吧！

楊喚的風景

紀弦

流著忍不住的眼淚看完了《風景》的初校，我努力抑制著我的悲傷振作起來做我應該做的事情。三月七日的晚上，葉泥兄突然到來，告我以楊喚兄逝世的消息；這個噩耗給我以比一切都沉重的打擊，我簡直受不了。爲什麼那樣多的壞人不死，偏偏死了好人，而又死得如此年輕，如此慘？凡詩人都是好人；凡好人都是不幸的。倘說此乃天意，眞正豈有此理！第二天上午十時，我提早下了課，趕到極樂殯儀館去，參加國防部第五廳爲詩人舉行的公祭典禮；我肅立在詩人靈前，讀了我昨夜草就的祭文，爲之痛哭失聲，淚下如雨。當即由葉泥兄領我去看了詩人的遺體。他睡得很恬靜，雖愈益蒼白但不再憂鬱了。拭乾了眼淚之後，便和子豪兄等商定辦理兩件事情：一是藉《民友報》文藝版篇幅出特輯；二是整理詩人遺著出集子。第一件事情很快就辦好了。第二件事情可不那麼簡單。我們分兩方面進行工作：一方面成立編輯委員會，由子豪兄、李莎兄、方思兄、葉泥兄、歸人兄、力群兄和我七個人組成，大家分頭去收集散見各報刊的詩人遺著，陸續集中我處，然後愼重整理，保留其佳作，刪去其次者，共得詩四十一首，童話詩十八篇，而編成了這個集子。另一方面，由於現代詩社經濟基礎異常薄弱，印一本書實在很不易，便由葉泥兄和我負責，分別向詩人生前友好及文藝界的朋友募集出版基金。截止到本書付排之日，共得捐款一千五百五十五元，當然這個數目還差得很遠，但總算減輕了一半的負擔，而終於不算太難看地把這本書印出來了。

在這裡，應該特別致謝的是《中央日報》「兒童周刊」編者陳約女士，承她給以便利，把幾年來全部的「兒童周刊」借給我們抄下了詩人用筆名金馬發表的十多篇童話詩，這實在很可感，祝她健康！又，捐款人士，葉泥兄所負責的部分，多爲詩人生前袍澤及其他單位的軍人；我所負責的部分，多爲文藝作家，尤以寫詩的朋友們，無論是和他相識或不相識的，莫不慷慨解囊深致惋惜。而最令人感動的，便是這些捐款皆係出諸個人薪餉或稿費收入。捐款者的生活都很困難，沒有一個財主。還有一部分的捐款未能收到，那是《民友報》自第七期起至第十四期止欠著不給的幾位作家的稿費，他們原說好了要捐出來的。

至於朋友們的悼詩悼文，散見各報章雜誌的爲數雖不算少，但以限於篇幅，不能一一錄入，實屬不得已的。爲了幫助讀者了解詩人的作品及其生平，有子豪兄的一篇〈論楊喚的詩〉，葉泥兄的一篇〈楊喚的生平〉，歸人兄的一篇〈憶詩人楊喚〉，已經夠了。李莎兄的〈哀歌二章〉，是在他所寫的十多首悼詩之中特別選出來，以代表朋友們共同的嘆息和眼淚的。又因爲歸人、葉泥、李莎、子豪諸兄和詩人的友誼比別的朋友們更深厚些，所以附錄文字須以他們爲主，相信這是合情又合理的。

中華民國四十三年八月二十五日，紀弦記於臺北

附註：

①本文原名〈從楊喚逝世到風景出版〉，爲求簡潔，乃擅爲改易。讀者由此文可知楊喚第一本詩集出版的經過。

②《風景》初版約一千五百册，封面七色。當時是最「講究」的印刷了。

洪範文學叢書 321

楊喚詩集

著　者：歸　人
出版者：洪範書店有限公司
臺北市廈門街一一三巷一七—一號二樓
電話　（〇二）二三六五七五七七
傳眞　（〇二）二三六八三〇〇一
郵撥　〇一〇七四〇二—〇
行政院新聞局局版臺業字第一四二五號
法律顧問：陳長文　蕭雄淋
初　版：二〇〇五年八月
二　印：二〇〇七年十一月

定價二〇〇元
（缺頁破損裝訂錯誤請寄回調換）

ISBN：978-957-674-261-3

國家圖書館出版品預行編目資料

楊喚詩集／歸人編. --初版. --臺北市；洪範,
2005- [民 94]
冊；　公分. --（洪範文學叢書：321）

ISBN　978-957-674-261-3（平裝）

851.486　　94013055